À ma fille Chiraz

Patrice Marie

Meurtres à l'aiguille

PREMIÈRE PARTIE

1

Elles étaient debout l'une à côté de l'autre, le regard porté sur le cadavre nu d'un jeune homme allongé sur la table d'examen de l'institut médico-légal. Elles, c'étaient le docteur Anne de Vianney, médecin légiste, et le commandant Amira Kerfi, inspectrice de police. Le docteur disait : « Je vais prendre ma retraite dans trois mois. Des cadavres, j'en ai vu des milliers. C'est la première fois que je suis témoin d'un tel acte de torture. » Le corps était parsemé de points rouges ; des blessures profondes étaient visibles au niveau de l'abdomen et du cœur. De toute évidence, on avait cherché à faire souffrir ce jeune homme le plus cruellement possible.

Amira était déjà venue à la morgue, elle en connaissait l'odeur si caractéristique, mais ce qu'elle voyait là était particulièrement horrible. En écoutant le docteur de Vianney commenter la scène, elle se sentit vaciller, elle allait se trouver mal. Elle était jeune encore, le jeune homme mort devait avoir à peu près son âge, c'était terriblement dur à supporter. Le docteur s'aperçut de son trouble et l'éloigna pour l'emmener dans son bureau. Elle l'assit et ouvrit un petit placard où elle gardait secrètement une bouteille de cognac. « Ça peut toujours servir », avait répondu le docteur quand on s'était moqué d'elle pour avoir caché de l'alcool. Elle proposa un verre à Amira. Il y eut un moment de silence. Puis Amira commença à reprendre ses esprits.

– Excusez-moi. Je suis flic, je me dois d'être solide. Mais là, c'était trop…

– C'est une réaction normale, répondit le docteur de Vianney. Il y a eu une véritable entreprise de torture, méticuleuse. Franchement, je n'avais jamais vu ça…

– Comment a-t-il été tué ? demanda Amira.

– Avec des aiguilles, répondit le docteur. Ils ont commencé par de simples aiguilles de couture. On a dû l'attacher, le bâillonner pour l'empêcher de crier et lui enfoncer méthodiquement des aiguilles dans toutes les parties du corps. Vous avez vu : même le visage, même la verge ont des points rouges. Il s'est vidé de son sang, cela a pris quinze à vingt minutes avant qu'il ne meure.

– Une aiguille suffit-elle à tuer ? demanda Amira.

– Non, bien sûr. Il faut que j'examine le cadavre de plus près, mais je pense que les assassins ont cherché d'abord à faire mal, mais cela ne pouvait suffire à entraîner la mort. Ensuite, ils ont dû se servir de quelque chose de plus conséquent, peut-être un trocart.

– Un trocart ? demanda Amira.

– Oui, c'est une aiguille utilisée en médecine, tout particulièrement en médecine vétérinaire, sur les bovins ; son nom provient de *trois quarts*, car la pointe se compose de trois arêtes. Le trocart sert à effectuer des ponctions ou des biopsies. Cela peut constituer une arme redoutable. Les assassins s'en sont servi d'abord pour percer l'intestin et le foie, causant des hémorragies, et, pour finir, ils ont percé le cœur. Ce fut une agonie terriblement douloureuse.

– À moins qu'il n'ait été endormi avant, risqua Amira.

– Dans ce cas, le visage serait apaisé. Or, on voit bien la crispation des traits, signe de souffrance.

– Une vengeance, sans doute, dit Amira après une pause.

– Oui, c'est probable. Mais qu'avait fait le jeune homme pour mériter ça ?

– Il faudra chercher, reprit Amira. Il n'y avait aucun signe distinctif sur le corps. Pas un vêtement, pas un bijou, pas même un tatouage. Ce sera difficile de l'identifier.

– Vous aurez mon rapport demain en fin de matinée, dit le médecin légiste. Vous en saurez plus alors.

Amira Kerfi retourna au poste de police. Elle s'en voulait d'avoir craqué et d'avoir perdu la face devant le docteur de Vianney. Avec le temps, elle apprendrait à s'aguerrir. Mais elle se dit aussi que c'était l'occasion pour elle d'être chargée d'une enquête exceptionnelle et qu'il y avait là une chance pour sa carrière – à condition qu'elle trouve les assassins.

Le corps avait été découvert vers cinq heures du matin, sur un trottoir face au Parlement européen à Strasbourg, par trois femmes africaines qui arrivaient pour nettoyer les bureaux. Elles n'avaient pas tout de suite compris qu'il s'agissait d'un corps humain ; sur le moment, elles n'avaient pas su quoi faire, l'une d'entre elles s'était mise à crier, puis une autre avait sorti son portable et appelé le 17. On était le 29 juin, le jour se levait déjà. Le cadavre, dans une position quelque peu disloquée, avait sans doute été jeté d'une voiture. Apparemment, les vigiles du Parlement, pourtant présents toute la nuit, n'avaient rien vu ; ils accoururent néanmoins en entendant la femme. Ils étaient trois ; ils restèrent un moment hébétés, regardant le cadavre avec angoisse. Une voiture de police arriva très vite. Amira Kerfi, qui avait été réveillée par l'un des agents de permanence, avait appelé son plus proche collaborateur, le capitaine Frédéric Geiss, et ils se trouvaient tous les deux avec plusieurs policiers devant le corps. Ils posèrent quelques questions aux trois femmes, puis interrogèrent les vigiles. « Comment se fait-il que vous n'ayez rien entendu ? » demanda le capitaine. Les vigiles ne savaient que répondre. Une ambulance fut appelée pour conduire le cadavre à l'institut médico-légal.

Pourquoi avoir jeté le corps devant le Parlement européen ? L'immense bâtiment d'architecture postmoderne sans grande imagination se reflétait dans l'Ill et contribuait à faire de Strasbourg l'une des quatre villes (avec Genève, New York et Lyon) qui hébergeaient une organisation internationale sans être capitale d'un État. Les sept cent cinq députés européens faisaient la navette entre Bruxelles, Luxembourg et Strasbourg, où ils siégeaient quatre jours par mois au minimum.

S'il s'agissait, comme le pensait le docteur de Vianney et comme le pensait Amira elle-même, d'un règlement de comptes, on comprenait mal pourquoi les assassins avaient choisi un tel endroit, très surveillé, où ils risquaient plus qu'ailleurs de se faire prendre. Il devait bien y avoir un sens. Il fallait espérer une revendication. Et découvrir qui était ce jeune homme, et comprendre ce qu'on lui avait fait payer. Un gros travail attendait Amira Kerfi.

2

Cela faisait trois ans qu'Amira dirigeait la brigade de Strasbourg. Elle avait le grade de commandant. S'agissant d'une femme, et à trente-quatre ans seulement, c'était une réussite exceptionnelle. Déjà, enfant, elle n'avait eu qu'une idée : devenir flic. Elle avait grandi dans une famille modeste de Fès, au Maroc ; son père tenait une boutique dans la vieille ville, où il vendait des objets d'artisanat pour les touristes. Sa mère élevait tant bien que mal toute une tripotée d'enfants. Amira avait huit frères et sœurs. Excellente élève, elle avait bénéficié d'une bourse pour la France et elle s'était installée chez son oncle et sa tante, à Champigny-sur-Marne. À dix-huit ans, elle avait acquis la nationalité française. Par la suite, elle avait passé quatre ans à l'université, dont elle était sortie avec un Master 2. Sélectionnée avec dix-neuf autres étudiants dans le cadre du programme d'égalité des chances, elle avait intégré la classe préparatoire destinée à passer le concours externe d'officier de police. Elle avait été reçue major de sa promotion.

Après quelques années passées à faire ses armes en banlieue parisienne où elle avait très vite gravi les échelons, on lui avait proposé de diriger la brigade de Strasbourg. Avec Swann Guillou, son mari, ils s'étaient installés dans cette ville qu'ils avaient visitée deux ou trois fois et qui leur plaisait. Swann était breton. Il avait rencontré Amira à la fac, mais pas sur les bancs des salles de cours ; il était en lettres, elle, en droit. Ils avaient fait connaissance au club de théâtre de l'université. Amira avait toujours rêvé de faire du théâtre. Un soir qu'ils jouaient un extrait de *Dom Juan* de Molière, Swann eut une absence, un « trou » comme on dit dans le métier. Il y eut un moment de panique, à la fois sur scène et dans la salle. Amira lui souffla sa réplique et il put poursuivre. Cet incident donna le ton de leur relation future : c'est elle qui savait et lui se laissait mener. Malgré son côté indolent, c'était un homme d'une belle masculinité, et aussi d'une grande gentillesse, et Amira était très sensible à cette qualité car elle ne voulait pas d'un dominateur. Grande, avec des yeux d'un noir profond, elle était très belle. Son uniforme de commandant lui donnait du charme et, paradoxalement, renforçait sa féminité et son sex-appeal. En dehors de son activité professionnelle, elle n'aimait pas se mettre en robe – sauf parfois à l'occasion d'une fête ou d'un mariage. Très mince, elle portait le pantalon avec beaucoup de classe. Amira, c'était un mélange d'autorité et de douceur. Elle était consciente de l'effet qu'elle produisait chez les hommes ; pas étonnant que Swann la regardait si souvent avec une lueur de désir dans les yeux.

Swann était professeur de lettres agrégé dans un lycée du centre-ville. Avec sa barbe courte et ses lunettes, il faisait très « prof ». En tout cas, c'est ce que se plaisait à dire Amira. Il aimait son métier même si, sans trop le dire, il regrettait d'enseigner dans un quartier chic, où tout était facile. Il envisageait de demander sa mutation dans le Neuhof ou à la Meinau, en zone prioritaire, là où il se sentirait plus utile. Il s'amusait à l'avance de la réaction du rectorat, habitué à la démarche inverse... Amira aussi aimait son métier. Au poste de police, elle était très bien considérée. Ses collaborateurs appréciaient son professionnalisme et son courage, mais ils aimaient aussi l'attention qu'elle portait à chacun d'entre eux, et ils étaient tous plus ou moins amoureux d'elle. Swann avait eu le coup de foudre et il se répétait tous les jours la chance qu'il avait de vivre avec elle. Ils avaient emménagé dans un appartement ancien à proximité de la Petite France, ils étaient heureux.

Les parents d'Amira, restés au Maroc, auraient préféré qu'elle épouse un musulman, mais ils avaient très bien accueilli Swann, un jeune homme chaleureux et qui rendait leur fille heureuse. Ils ne comprenaient pas bien pourquoi ils n'avaient pas d'enfants ; ils savaient que Swann en voulait, mais il semblait qu'Amira privilégiait sa carrière. « Ça viendra », se disaient-ils. Amira et Swann allaient à Fès chaque fois qu'ils le pouvaient. À l'occasion, ils randonnaient dans la vallée du Drâa ou se baignaient à Agadir. Swann adorait le Maroc.

Souvent, à Strasbourg, ils dînaient dans une winstub. Face à face, devant une flammekueche et un verre de Riesling, ils discutaient. Swann voulait toujours en savoir plus sur la journée de travail d'Amira, mais elle n'aimait pas trop parler des affaires qu'elle suivait. Il la regardait avec un bonheur total et déjà, s'il avait pu, dans le restaurant... Il pensait à ce qui allait suivre, les caresses au creux du lit. « Elle est à moi, rien qu'à moi », se disait-il.

Le soir qui suivit la visite à la morgue, ils dînèrent dans leur winstub favorite. Amira n'avait pas faim. Elle savait qu'elle allait mal dormir pendant plusieurs jours ; l'image du jeune homme supplicié allait la hanter. Elle avait besoin de parler et, pour une fois, elle raconta à Swann ce qu'elle avait vu. Il l'écouta, puis lui demanda :

– Pourquoi a-t-on torturé ainsi ce pauvre jeune homme ? Voulait-on le punir ? Une histoire de trafic de drogue, peut-être ?

– C'est ce à quoi j'ai pensé au début. Cela ressemble en effet à un règlement de comptes. Un dealer qui n'aurait pas respecté le code, par exemple, en gardant le fric pour lui. C'est la piste la plus évidente, qu'il faudra creuser. Mais il me semble que ça ne colle pas.

– Pourquoi ? demanda Swann.

– Parce que en général, les règlements de comptes sont plus expéditifs. Une balle dans la tête, et c'est fini. Ici, il y a tout un cérémonial, qui demande des moyens. Un espace dédié, plusieurs personnes, une stratégie qui vise à donner au crime le plus de visibilité possible.

– Et puis, il y a le Parlement européen.

– Oui, tu as raison. Ce n'est évidemment pas par hasard. Là où le corps a été jeté, c'est truffé de caméras de surveillance.

– Mais des caméras, il y en a un peu partout dans Strasbourg. Pourquoi avoir choisi précisément le Parlement européen ? insista Swann.

– Il pourrait s'agir d'un crime politique ; dans ce cas, on peut s'attendre à une revendication. C'est le genre d'affaire incompréhensible tant qu'on n'a pas, au moins, identifié le mort.

Elle lui prit la main, le regarda avec tendresse.

– Je vais avoir du boulot, mon chéri. Prépare-toi !

Le lendemain, Amira eut une longue conversation avec Frédéric Geiss. Le travail s'organisait. Amira bénéficierait de trois collaborateurs affectés exclusivement à l'affaire. C'étaient des fonctionnaires de la brigade, qu'elle connaissait et appréciait.

Une enquête complexe commençait.

Amira réunit son équipe. Elle distribua les tâches. Confrontation des empreintes digitales aux différents fichiers, ADN, analyse des images de la vidéosurveillance, diffusion de la photo de la victime, enquête de voisinage pour trouver d'éventuels témoins, recherche d'indices… Il fallait rencontrer les femmes africaines et les vigiles, prendre contact avec le Parlement. La photo allait être retravaillée de manière à présenter, autant que possible, le visage du jeune homme tel qu'il était avant sa mort. Elle serait placardée dans les commissariats et les mairies, dans le Grand Est et dans le Bade-Wurtemberg limitrophe ; et même diffusée sur les chaînes locales de télévision. L'objectif premier, c'était d'identifier la victime.

Avec Mourad Osmani, l'un des policiers de son groupe, Amira se rendit au Parlement européen pour consulter les images de la vidéosurveillance. Dans une salle ultra équipée située au sous-sol, il y avait une trentaine d'écrans. Les techniciens isolèrent les images de la nuit précédente. Vers trois heures du matin, on voyait une voiture s'arrêter devant l'entrée du Parlement. C'était une Clio grise, un modèle ancien. La plaque d'immatriculation était dissimulée par un ruban adhésif. L'opération eut lieu en moins d'une minute : deux hommes entièrement vêtus de noir et encagoulés sortirent de la voiture, ouvrirent le coffre et s'emparèrent du corps qu'ils balancèrent sur le trottoir. Ils repartirent en faisant crisser les pneus. Amira demanda à voir la séquence plusieurs fois. Les deux hommes (car il ne pouvait s'agir que d'hommes) étaient très certainement jeunes, on pouvait le deviner à leur silhouette et à leur rapidité d'action.

– Qu'en pensez-vous, Mourad, demanda Amira.

– Ce qui m'étonne, c'est que les vigiles ne sont pas intervenus. Certes, ils n'auraient pas eu le temps de faire quoi que ce soit, mais je trouve curieux qu'ils n'apparaissent pas sur la vidéo. Il faudra creuser cette question.

– Oui, c'est étrange en effet. Peut-être étaient-ils complices ? Il faudra aussi essayer de voir si un indice quelconque est visible soit sur la voiture, soit sur les deux personnages.

Les images de vidéosurveillance filèrent au laboratoire d'analyses de Strasbourg, avec la mention « urgent ».

Le lendemain, Amira fit le point avec son groupe.

– Il faut bien se rendre à l'évidence : nous n'avons rien trouvé. Le cadavre est celui d'un homme d'environ vingt-huit ans, d'un mètre quatre-vingt-un, mince, de type européen caucasien, selon l'expression consacrée. Nous avons diffusé la photo. Avez-vous eu des retours ?

C'est Frédéric Geiss qui répondit.

– Une quarantaine. Nous avons commencé à les vérifier, mais cela prend beaucoup de temps. Rien d'intéressant pour l'instant. Quant aux hommes qui ont balancé le corps, et qui sont probablement les assassins, il n'y a pas la moindre piste.

– Et le véhicule ? C'est une Clio, n'est-ce pas ? reprit Amira.

C'est à nouveau le capitaine Geiss qui répondit.

– Oui, un modèle ancien comme il y en a des milliers.

– Il faut le retrouver, dit Amira.

– Si je peux me permettre, commandant, répondit Geiss, cela risque d'être une tâche titanesque, et sûrement sans objet car les assassins ont certainement anticipé en faisant disparaître la voiture.

3

Le rapport du médecin légiste confirma les premières impressions. Comme l'avait soupçonné le docteur de Vianney, les assassins avaient procédé par étapes. D'abord les aiguilles de couture, puis les trocarts. Ils avaient fait preuve d'une extrême cruauté. Qu'avait fait ce jeune homme pour mourir dans des conditions aussi horribles ?

Le rapport apportait d'autres informations. L'examen du corps du jeune homme montrait qu'il appartenait à un milieu aisé. Ses yeux clairs laissaient penser qu'il venait du nord de la France, du nord de l'Europe, d'un pays de l'Est ou de Russie, mais pas du pourtour méditerranéen – même si, bien sûr, il pouvait vivre dans un pays du Sud sans en être originaire. Il était peu musclé, donc peu sportif ; ce pouvait être un intellectuel. Il n'y avait pas d'empreintes digitales sur le corps, ni aucune empreinte d'aucune sorte, et les seules traces d'ADN étaient celles de la victime. Même si on n'en avait pas la preuve, on pouvait penser que ce jeune homme n'était pas un délinquant. Le docteur de Vianney précisa que des analyses plus approfondies étaient en cours, mais qu'elles prendraient plus de temps.

Amira Kerfi avait mis en place une surveillance particulière devant le Parlement européen, mais aussi devant les autres institutions européennes représentées à Strasbourg. Elle avait prévu des rondes pendant la nuit. Elle s'attendait, tout comme ses collègues, à un nouveau crime ; mais faute du moindre indice à ce stade, personne ne pouvait savoir où il se produirait.

Après la consultation de la vidéosurveillance, Amira avait pris contact avec l'administration du Parlement européen, d'abord pour creuser la piste d'un éventuel rapport entre le crime et l'Europe, ensuite pour comprendre pourquoi les vigiles n'avaient rien vu. Rendez-vous fut pris tôt le lendemain matin avec Milan Modric, le Secrétaire général du Parlement ; Amira s'y rendit accompagnée du capitaine Geiss. En entrant dans le grand bâtiment, ils eurent l'un et l'autre la même impression et échangèrent un regard. Comparé au commissariat de police, le Parlement européen affichait un luxe presque indécent. Une jeune femme de l'accueil les accompagna jusqu'à l'ascenseur ; ils montèrent au cinquième étage puis empruntèrent un long couloir. Ils furent introduits dans un vaste bureau donnant sur l'Ill ; Milan Modric les reçut. Il était croate et parlait couramment français. C'était un homme d'une cinquantaine d'années, en surpoids, qui n'inspirait pas la sympathie. Il ne manifesta guère d'enthousiasme à rencontrer les deux enquêteurs.

– Nous recevons souvent des menaces, expliqua-t-il d'un air fatigué. En général, nous n'y prêtons pas attention. Il y a beaucoup d'anti-Européens, beaucoup de fous aussi !

– Rien dans les jours qui ont précédé la découverte du corps ? demanda Frédéric Geiss.

– Non, rien à ma connaissance. Plusieurs organisations, le plus souvent d'extrême gauche ou d'extrême droite, militent contre le projet européen. Elles s'expriment beaucoup dans les médias, vous le savez. Mais aucune ne s'est manifestée, et aucune n'a revendiqué le crime.

– Pourriez-vous nous transmettre une liste de ces organisations ? dit Amira. Nous pouvons mettre quelqu'un dans l'équipe sur le sujet. Et puis, nous avons une photo du jeune homme assassiné, c'est une photo du cadavre qui a été retouchée de manière qu'il soit reconnaissable. Pourriez-vous la transmettre aux députés et au personnel administratif ? Il est évidemment très important pour nous d'identifier le mort.

Le Secrétaire général regarda la photo sans s'attarder. Il demanda si les enquêteurs avaient des pistes. C'est Amira qui répondit.

– Aucune pour l'instant. Il y a plusieurs directions possibles : un meurtre politique, un règlement de comptes entre dealers qui n'aurait rien à voir avec l'Europe ou encore le crime d'un fou comme vous l'avez dit ; peut-être même un crime passionnel exécuté par des tueurs à gages. Une vengeance contre ce jeune homme. Mais pourquoi lui ? Et qu'a-t-il fait ? Tout est possible à ce stade. Le fait de déposer le corps devant le Parlement pourrait n'avoir comme objectif que de brouiller les pistes ou de donner le plus de publicité possible au crime. Ce qui nous intrigue, c'est que le jeune homme a été torturé.

Le Secrétaire général était de plus en plus énervé de voir le Parlement mêlé à cette affaire quelque peu sordide. Il se leva.

– Je ne comprends pas très bien ce que vous me voulez. Après tout, le corps a été jeté sur le trottoir, et non au sein du Parlement européen. Il me semble que cette affaire concerne essentiellement l'État français et la ville de Strasbourg.

– Certainement, répondit Amira. Mais il y a encore un point.

Le Secrétaire général se rassit de mauvaise grâce.

– Nous sommes surpris que vos trois vigiles n'aient rien remarqué, dit Amira.

– J'imagine que pour jeter le corps sur le trottoir, il n'aura fallu que quelques secondes. Les vigiles étaient peut-être, à ce moment-là, dans une autre partie du bâtiment.

– Mais les assassins ne pouvaient compter sur ce détail. Pensez-vous qu'ils pourraient avoir été complices ? Sont-ils avec vous depuis longtemps ?

– Je l'ignore. Je ne m'occupe pas de ce genre de choses. D'ailleurs, ils ne travaillent pas pour nous. Ce sont les employés d'une société de surveillance.

M. Modric se leva à nouveau.

– Je vais demander à ma secrétaire de vous donner les coordonnées de cette société. Elle saura vous renseigner. Et je vais lui dire de diffuser la photo. Je dispose également d'une liste des organisations anti-européennes.

Le ton était peu cordial. Les deux enquêteurs furent conduits dans le bureau de la secrétaire, une jeune femme guère plus aimable que son patron. Ils repartirent avec l'adresse de la société DeltaPlus, qui avait depuis des années le contrat de surveillance et de gardiennage du Parlement européen.

Quand les deux enquêteurs se retrouvèrent dehors, il était neuf heures. Amira proposa au capitaine de faire une pause. Ils entrèrent dans un café ; ils discutèrent. Le capitaine demanda à Amira ce qu'elle comptait faire de la liste des organisations anti-européennes.

– Il y en a sans doute des centaines, et en autant de langues qu'il y a de pays…

– Oui, répondit Amira. C'est évidemment impossible de tout consulter. Ce que nous devons chercher à découvrir, c'est l'actualité de ces organisations dans les jours précédents. Voir si l'une d'entre elles préparait quelque chose. Je vais contacter le ministère des Affaires étrangères. Il rédigera une note diplomatique à toutes les ambassades concernées.

Ils restèrent silencieux l'un et l'autre pendant une minute ou deux. Ils réfléchissaient. Quel sens pouvait avoir ce crime ? Reprenant la parole, Amira dit :

– Cela ressemble à une affaire de drogue. Le jeune homme aurait été torturé parce qu'il a trahi. C'est possible. Pourtant, c'est mon intuition qui parle : je suis sceptique.

– Il faut quand même explorer cette piste, commandant, répondit Geiss.

– Oui, bien sûr. Nous allons reprendre tous les éléments dont nous disposons sur le trafic de drogue à Strasbourg et en Alsace. Un gros travail. Et puis, il y a la question des vigiles. Je vais envoyer un agent dans le quartier où ils habitent et je vais demander qu'ils soient convoqués dès cet après-midi. Il n'est pas impossible qu'ils aient des infos à nous donner.

– À condition qu'ils veuillent bien parler, dit Geiss en souriant.

Amira aimait travailler avec le capitaine Geiss. Ils s'entendaient bien. Geiss acceptait sans problème d'avoir une femme, plus jeune que lui, comme supérieur hiérarchique. Il était très compétent et aimait son métier. Amira appela un membre de son équipe pour lui demander d'aller perquisitionner avec un collègue chez les trois vigiles et de les convoquer à son bureau pour quatorze heures trente. Elle soupçonnait en effet le ou les tueurs de leur avoir graissé la patte pour qu'ils ne perturbent pas le dépôt du corps devant le Parlement. Les vigiles habitaient avec leurs parents et leurs frères et sœurs dans le quartier de la Meinau, dans des appartements assez proches les uns des autres. Amira reçut les conclusions de ces visites : rien n'avait été découvert. Le fric, s'il y en avait, avait été bien caché.

Les trois vigiles se présentèrent à la brigade à l'heure prévue. C'étaient trois jeunes d'origine africaine, deux d'Afrique du Nord et un d'Afrique noire. Amira ne put s'empêcher de se demander pourquoi les vigiles et les gardiens étaient toujours des

Africains. Parce que ces fonctions ne demandent aucune qualification ? Ou parce que ce sont des métiers où il n'est pas nécessaire de parler ? Pourtant, se dit-elle, je suis africaine moi aussi, et je suis commandant de police. Mais ce n'était pas le moment de réfléchir à l'échec, ou au semi-échec des politiques d'intégration en France.

Les trois garçons étaient intimidés. « Ils ont des têtes de coupables », se dit Amira. Elle commença.

– Où étiez-vous dans la nuit du 28 au 29 juin ?

– Au Parlement européen, répondit l'un des jeunes Maghrébins. On est gardes de nuit.

– En quoi consiste votre travail ?

– On doit surveiller le bâtiment. On fait des rondes.

– Vous êtes toujours ensemble ? continua Amira.

– Non, on a chacun un secteur. On se retrouve seulement toutes les heures pour faire le point.

– À trois heures du matin, où étiez-vous ?

Ils eurent du mal à répondre. Visiblement, ils avaient peur. Il ne fallait pas être bien malin pour deviner qu'au moment où le corps avait été déposé sur le trottoir, devant l'entrée du Parlement, ils étaient tous les trois de l'autre côté du bâtiment et qu'on les avait payés pour ça.

– On ne se rappelle pas très bien, dit le Noir. On bouge beaucoup.

C'est Mourad qui continua l'interrogatoire.

– On ne vous aurait pas, par hasard, donné de l'argent pour ne rien voir ?

Ils n'allaient pas avouer et Mourad et les autres le savaient. Amira fit une dernière tentative :

– C'est important de dire la vérité. Il y a eu un crime. Si vous avez reçu de l'argent, et surtout si vous avez vu l'un des tueurs, votre témoignage est primordial pour l'enquête. Alors, parlez. Nous savons très bien que vous avez été payés. Si vous niez, vous allez vous retrouver en prison, et pour longtemps. Complicité de meurtre, ça va chercher loin. En revanche, si vous parlez, on vous laissera repartir.

Il y eut une pause. Les garçons se regardèrent. Bien qu'ils étaient dans l'incapacité de communiquer entre eux, ils pensaient tous les trois la même chose. Il fallait livrer des noms, mais pas ceux des deux types qui avaient balancé les corps et qui faisaient partie de leur bande. Alors, ils se disaient qu'ils pourraient accuser des mecs de la bande rivale. Ils donnèrent les noms et les adresses de deux jeunes du même quartier. Une petite vengeance facile.

Amira nota les coordonnées de ces deux dealers et une voiture partit immédiatement pour le quartier de la Meinau. Les deux jeunes étaient ensemble à la première adresse, ils fumaient et écoutaient de la musique. Ils furent emmenés au poste. L'interrogatoire commença ; il ne dura pas longtemps. Les deux jeunes avaient un alibi ; ils avaient passé la soirée et la nuit dans une boîte, à Kehl, le Silver Star. Ils étaient rentrés à six heures du matin ; en tout cas, c'est ce qu'ils affirmaient. Amira demanda qu'ils soient maintenus en garde à vue pendant que deux agents filaient à Kehl pour vérifier l'alibi. Le gérant de la boîte reconnut les deux jeunes sur les photos. C'étaient des habitués et, cette nuit-là, ils étaient bien présents. Il fallait chercher ailleurs.

Les gardiens de nuit qui avaient accusé, à tort, les deux dealers, n'en étaient pas quittes pour autant, car ils avaient fait un faux témoignage. Amira confia l'affaire à un de ses subordonnés, afin qu'il continue à les interroger. Elle se doutait cependant que ça n'irait pas très loin ; ils ne diraient rien, et vu l'ampleur de la délinquance dans le quartier, cette histoire ne pesait pas très lourd.

Le lendemain, Amira fut réveillée par un message sur son portable à cinq heures du matin. Cela venait du commissariat.

Un nouveau cadavre venait d'être retrouvé.

Le même mode opératoire, mais cette fois un cadavre de femme. Il était nu, lui aussi. Il avait été déposé au bord de l'Ill, en plein centre-ville, non loin de la cathédrale, là où sont amarrés les Bateaux-Mouches ; c'est le marinier chargé de vérifier le bon état de ces bateaux avant l'arrivée des touristes qui l'avait trouvé au petit matin. Cette zone est une zone piétonne, la rue est à au moins cinquante mètres ; en portant le cadavre de la voiture jusqu'au bord de l'eau, les assassins avaient augmenté le risque d'être découverts. La femme, qui devait avoir moins de trente ans, n'était pas maquillée, ni teinte. Elle ne portait pas de bijoux. Son corps était, comme celui de l'homme, criblé de points rouges et percé de blessures profondes. La vision de cette jeune femme martyrisée, dont une jambe pendait au-dessus de la rivière, glaçait le sang.

Si les journalistes n'avaient pas eu le temps de venir sur les lieux du premier crime, il n'en fut pas de même pour le second. Très vite, il y eut un attroupement ; de nombreux badauds étaient là aussi. La presse s'était déjà beaucoup intéressée au meurtre précédent ; elle s'excita davantage encore pour le deuxième, semblable au premier, sauf qu'il s'agissait cette fois d'une femme. C'était quelque chose qu'Amira et ses collègues allaient devoir endurer, mais qu'ils n'aimaient pas et qui perturbait leur travail. Les journalistes n'hésiteraient pas à pénétrer dans le commissariat, et même à harceler les enquêteurs en allant jusqu'à les suivre à leur domicile. La consigne était de ne rien dire tant qu'on ne disposait pas de faits.

L'affaire déborda des frontières de l'Alsace. Ce fut une information nationale qui passait en boucle sur toutes les chaînes d'info. À l'étranger aussi, en Allemagne tout particulièrement, on ne parlait que de ça. Mais toute cette publicité n'apporta aucun élément : le mystère des « meurtres à l'aiguille » demeurait entier.

Le corps de la jeune femme assassinée fut conduit à l'institut médico-légal. Cette fois, Amira demanda à ses collaborateurs de l'accompagner. C'étaient des hommes, et ils avaient déjà assisté à des autopsies ; mais cette femme martyrisée, c'était insoutenable. Le choc fut rude. Amira les vit pâlir, mais aucun des trois n'aurait voulu montrer le moindre trouble devant ses collègues. Le docteur de Vianney avait eu le temps de procéder à un premier examen du cadavre. Elle expliqua que la jeune femme n'était pas vierge, mais qu'elle n'avait pas eu d'enfants. Elle avait environ vingt-huit ans, elle mesurait un mètre soixante-dix, elle avait été jolie. Pour le reste, les assassins avaient procédé exactement comme pour le premier crime ; avec la même cruauté, qui paraissait peut-être pire encore s'agissant d'une jeune femme.

Ce jour-là, Amira rendit visite au procureur de la République. Elle y alla avec le capitaine Geiss. Elle transmit toutes les informations dont elle disposait sur les deux crimes.

– Est-ce que les empreintes des deux victimes figurent sur les fichiers ? demanda le procureur.

– Non, répondit Amira. Ces deux personnes sont inconnues.

– Et au niveau international ?

– Nous avons contacté Interpol. C'est le même résultat. Il semble que ces deux jeunes n'appartenaient pas à des réseaux de délinquance.

Il fut décidé de renforcer l'équipe. Désormais, Amira disposerait de huit collaborateurs. Et un inspecteur plus chevronné fut mandaté, un conseiller technique directement rattaché au ministère de l'Intérieur ; le commandant Cédric Beauroi devait arriver de Paris. La crainte était qu'un nouveau crime ne soit perpétré. Les rondes nocturnes furent renforcées. Il y avait une raison à ces meurtres ; l'hypothèse du trafic de drogue s'éloignait. Les assassins voulaient envoyer un message. Mais pour dire quoi ?

Cédric Beauroi était un bel homme de trente-cinq ans environ. « Il donne une impression de virilité tranquille », se dit Amira, en riant en elle-même de la formule. Il portait, comme Swann, une barbe courte, mais la comparaison s'arrêtait là. C'était un sportif, il était carré d'épaules et il avait un sourire ravageur. Un séducteur, bien différent du mari d'Amira toujours plongé dans ses livres. Il réunit le groupe, formé désormais de dix personnes. L'inspecteur avait une position hiérarchique supérieure à celle d'Amira ; cela lui donnait une grande assurance, mais il n'en jouait pas. Le charme de la jeune femme opérait. Il cherchait visiblement à lui faire bonne impression.

– Ce qui me frappe, dit-il, c'est le choix des lieux où les corps ont été balancés. Le Parlement européen, puis l'embarcadère des Bateaux-Mouches. Quel rapport ?

– Les assassins voulaient perpétrer un deuxième crime, répondit Amira. Mais ils savaient qu'après le premier, les institutions européennes de Strasbourg allaient être particulièrement surveillées. Ils ont donc cherché un autre endroit, mais offrant également une grande visibilité. Ils ont pensé aux bords de l'Ill, en pleine zone touristique, malgré la distance qui sépare l'embarcadère de la rue. C'est pourquoi je reste convaincue qu'il n'y a pas de dimension européenne dans ces crimes. Les assassins ont cherché avant tout à donner de la publicité à leur action et à brouiller les pistes.

– Je suis frappé aussi par le profil des victimes, continua Beauroi. Des jeunes, visiblement bien insérés. Français ? Peut-être pas. Nous sommes à deux pas de l'Allemagne.

Le commandant Beauroi n'eut guère le temps de réfléchir plus avant car dès trois heures du matin, un message crypté parvint au commissariat. Cela venait de la police de Luxembourg. Un cadavre nu, criblé de points rouges et percé de larges blessures à l'abdomen et au cœur, venait d'être découvert dans le quartier de Kirchberg, dans le centre-ville. Réveillés, Amira et Beauroi, chacun de leur côté, rejoignirent le poste de police.

La troisième victime était la copie conforme, ou presque, de la première. Les vidéos transmises par la police luxembourgeoise montraient un mode opératoire exactement semblable à celui de Strasbourg. Seul le véhicule avait changé. C'était maintenant une 208, grise également, à la plaque minéralogique dissimulée. Il était deux heures trente du matin. On voyait la voiture s'arrêter à proximité des tours de la Cour de justice de l'Union européenne, deux silhouettes en noir en sortir, ouvrir le coffre et s'emparer du corps pour le jeter sur le trottoir, mais, par mesure de prudence sans doute, pas devant l'entrée du bâtiment principal. Les enquêteurs se regardèrent, atterrés. Ils auraient dû établir des surveillances nocturnes dans d'autres villes que Strasbourg. Fallait-il s'attendre à un nouveau crime à Bruxelles ? Ou les assassins en resteraient-ils au chiffre trois ?

Dans la journée qui suivit, les équipes techniques de la police retravaillèrent les photos des deux dernières victimes et les diffusèrent, avec la première, plus largement. Interpol était pleinement associée et les clichés avaient été transmis à ses cinquante agences européennes. Les rares retours basés sur les photos montraient de vagues ressemblances avec des personnes fichées, dont aucune n'était concluante. On en était là quand un message parvint du siège de l'organisation à Lyon.

L'une des victimes avait été identifiée à Minsk, en Biélorussie.

Le message arriva instantanément au commissariat de Strasbourg. Amira Kerfi et Cédric Beauroi se regardèrent, incrédules. Pourquoi la Biélorussie ? Le jeune homme reconnu était la victime de Luxembourg. Il s'appelait Pavel Jermalovic. Les deux enquêteurs se demandèrent comment il avait été repéré, car il n'était pas fiché. Mais il se trouve que quelques jours plus tôt, son université lui avait accordé une sorte de médaille du mérite, pour le féliciter de son brillant parcours, et sa photo était apparue dans un journal local. Il avait suffi de comparer cette photo avec celle du cadavre pour s'apercevoir qu'il s'agissait de la même personne. L'enquête montra que le jeune homme avait fait sa scolarité à la section bilingue d'un lycée de Minsk et qu'il était parfaitement francophone. Après son bac, il avait fait des études d'ingénieur en génie civil. Il appartenait à une famille aisée et vivait encore chez ses parents. Par quel circuit s'était-il retrouvé sur ce trottoir, à Luxembourg ? Et pourquoi ?

4

Cela posait la question des deux autres victimes. Étaient-elles des Biélorusses elles aussi ? Il fut décidé qu'Amira Kerfi, accompagnée de Cédric Beauroi, ferait le voyage à Minsk avec un agent de la Sécurité civile et de la gestion des crises du ministère de l'Intérieur, un certain Jacques Le Gall. La préparation de ce déplacement prit plusieurs jours. Il fallait laisser le temps à la police biélorusse de prélever et d'analyser l'ADN du jeune homme sur des éléments retrouvés dans la chambre où il dormait, de manière à le comparer à l'ADN relevé sur son cadavre ; c'était indispensable pour avoir la preuve de son identité. Il fallait aussi que les parents du jeune homme soient prévenus. Quand tout fut calé via l'ambassade de France à Minsk, Amira et Cédric se retrouvèrent dans la salle d'embarquement de l'aéroport de Roissy. On était le 5 juillet. Le capitaine Le Gall leur dit à peine bonjour. Il regardait de haut cette petite provinciale, maghrébine pour tout arranger, et ce conseiller technique qu'il ne connaissait pas et qu'il jalousait sans doute. Au moment d'embarquer dans le vol Air France, Amira et Cédric eurent presque un fou rire ; ils voyageaient en classe économique alors que leur collègue, pourtant d'un grade inférieur, se voyait offrir la classe affaires ! Cette anecdote les rapprocha. Amira était contente d'être assise côte à côte avec Cédric, même si elle était pleinement consciente qu'il ne s'agissait pas d'un voyage d'agrément, et encore moins d'un voyage de noces.

Arrivés à l'aéroport de Minsk, ils furent frappés par la taille et la modernité de l'aéroport. Plusieurs jeunes filles étaient venues les accueillir, jolies, bien habillées ; parfaitement francophones, elles proposaient leurs services de traductrices aux voyageurs qui venaient de France et leur remettaient leur carte de visite. Ceux-ci ignoraient pour la plupart que l'objectif de ces jeunes femmes, c'était de se rendre indispensables et de bénéficier ainsi, peut-être, d'un visa pour la France. Amira et ses compagnons, pilotés par l'ambassade de France, regrettèrent de ne pouvoir rien faire pour elles.

Ils restèrent trois jours à Minsk, avec un Le Gall qui ne leur adressait la parole que quand il ne pouvait pas faire autrement. Amira avait l'impression de jouer des coudes pour s'imposer, mais son autorité naturelle lui permit d'y parvenir avec souplesse. Elle était contente de pouvoir ainsi impressionner Cédric. Ils auraient bien voulu tous les deux sécher une heure ou deux le programme officiel et laisser Le Gall avec l'ambassadeur de France, mais ce n'était pas possible. Ils purent cependant, en se levant plus tôt, s'échapper le matin du deuxième jour. La ville de Minsk avait été détruite à 90 % pendant la Seconde Guerre mondiale, et reconstruite, comme la plupart des capitales des Républiques soviétiques, dans le style stalinien. Amira et Cédric marchèrent dans une vaste avenue et dans un parc. Amira était tellement sous le charme qu'elle ne se rendait pas compte que Cédric cherchait avant tout à la mettre dans son lit – un objectif qu'il n'atteignit pas cette fois-ci.

Mais ils n'étaient pas venus pour une escapade amoureuse. L'ambassade de France organisa une rencontre avec les parents de Pavel Jermalovic, en présence de représentants de la police biélorusse et d'Interpol. Éplorés, les parents eurent du mal à s'exprimer. Ils finirent par expliquer que leur fils était parti pour la France, mais ils ignoraient comment ou ne voulaient pas le dire. Ils mentionnèrent qu'un ancien professeur de lettres, un certain Charles Wagner, un Français, était venu à Minsk récemment et avait rencontré leur fils.

Ce Charles Wagner, qui était-il ? Les trois enquêteurs demandèrent aux policiers locaux de réunir quelques étudiants et jeunes actifs francophones et quelques professeurs qui pourraient l'avoir connu. Plusieurs étudiants montrèrent des photos où Wagner posait, tout sourire, au milieu d'un groupe de ses élèves. Ils eurent la confirmation que Wagner avait passé deux ans à Minsk, il y a une dizaine d'années. Il avait laissé le souvenir d'un homme sympathique, serviable, bon professeur. Et il était revenu une dizaine de jours plus tôt, pour une visite amicale, avait-il dit, mais il n'était pas resté longtemps. Il était reparti en voiture, avec trois de ses anciens élèves. De nombreux jeunes Biélorusses rêvaient de quitter leur pays ; ils espéraient une vie meilleure, mais ces trois-là, c'est vers un tout autre destin que Wagner les avait entraînés.

Les enquêteurs cherchèrent à savoir qui étaient les deux autres victimes. En voyant les photos retravaillées des cadavres, les étudiants reconnurent deux amis avec lesquels Pavel avait fait sa scolarité. Des amis de son âge et de son milieu, parlant français comme lui, qui venaient de terminer de brillantes études. Alina Vasilenak était ingénieure informaticienne et Nil Svioutak chercheur en recherche fondamentale. Les confirmations d'ADN allaient prendre deux ou trois jours mais les photos constituaient déjà une preuve. Les mêmes démarches infiniment tristes eurent lieu auprès des parents de ces deux jeunes.

Le deuxième soir, au moment du dîner dans l'hôtel, les trois enquêteurs essayaient de comprendre. Il semblait que ces jeunes, qui pensaient n'avoir pas d'avenir en Biélorussie, avaient fait appel à un ou plusieurs passeurs, dans l'impossibilité qu'ils étaient d'obtenir un visa. L'important, c'était ce Charles Wagner. Comme par hasard, il vivait en Alsace ; le proviseur du lycée où il avait enseigné à Minsk leur avait donné son adresse ; il habitait un appartement dans le centre de Haguenau. Il fallait le retrouver ; c'était sans doute lui le cerveau de l'affaire.

Malgré la complicité entre Amira et Cédric, le retour fut sombre. On savait désormais qui étaient les trois victimes, mais on ne voyait aucun lien entre la France ou le Luxembourg et la Biélorussie. Les représentants de la police biélorusse n'avaient guère été d'un grand secours. Leur hypothèse, c'était la fuite à l'étranger de jeunes cherchant à échapper à un règlement de comptes. Mais rien dans la vie de ces trois diplômés n'évoquait quelque chose d'assez grave pour expliquer une mise à mort aussi cruelle à deux mille kilomètres de chez eux.

Le lendemain de son retour en France, Amira et trois membres de son équipe firent le déplacement pour Haguenau. À l'adresse que leur avaient indiquée les Biélorusses, il y avait le nom de Wagner sur la boîte aux lettres. Ils sonnèrent, mais n'obtinrent pas de réponse. Ils sonnèrent alors à la porte d'en face. Une femme d'une cinquantaine d'années, en tenue négligée, leur ouvrit. Elle ne leur proposa pas d'entrer.

– M. Wagner ? Il habitait déjà là quand je suis arrivée, il y a six ans. Il est à la retraite. Il a été prof de latin, je crois. Très discret, mais aimable. Nous ne nous fréquentons pas.

– Il est marié ? Il a des enfants ? demanda Amira.

– Il est célibataire, répondit la femme.

Son visage se ferma légèrement, et cette nuance n'échappa pas à Amira.

– Vous pensez qu'il est homosexuel ?

– Je n'en sais rien, cela ne me regarde pas.

– Mais, insista Amira, il reçoit souvent ?

– Jamais. En tout cas, pas que je sache. Il est plutôt solitaire.

La femme semblait gênée, elle avait hâte que l'entretien se termine.

– Savez-vous où il est à présent ? demanda encore Amira.

– Je n'en ai aucune idée.

Amira comprit qu'elle ne tirerait rien de plus de cette femme et prit congé. Elle avait veillé à se procurer un mandat de perquisition ; avec un passe, elle ouvrit la porte de l'appartement de Wagner et les quatre enquêteurs entrèrent. Ils procédèrent à une fouille minutieuse. L'appartement comportait deux pièces, tout était parfaitement bien rangé. En examinant la bibliothèque, ils virent des livres en grec ancien et en latin, les deux langues que Wagner avait enseignées. Il y avait aussi des ouvrages, nombreux, faisant référence au régime nazi ; ils trouvèrent même un exemplaire de *Mein Kampf*. Qui était ce Wagner ? Où était-il ? De retour à Strasbourg, les photos qu'ils avaient rapportées de Minsk, ajoutées à d'autres trouvées dans l'appartement, furent diffusées dans toute la France et dans toute l'Europe. Amira lança avec ses collaborateurs une vaste enquête sur ce personnage. Sa famille, ses voisins, les établissements scolaires où il avait enseigné, ses anciens élèves et ses anciens collègues, les personnes avec qui il avait pu avoir une relation amoureuse.

5

Depuis deux ans, c'est une femme qui exerçait la fonction de présidente de la République française. Après plusieurs tentatives de candidates qui n'avaient pas dépassé le deuxième tour, c'était la première fois qu'une femme accédait à une telle position. L'élection de Nathalie Granet n'avait pas surpris. Elle avait une longue carrière politique derrière elle. Âgée de cinquante-huit ans, elle avait été successivement députée, réélue trois fois, maire de Metz pendant douze ans et successivement ministre de l'Intérieur et ministre des Affaires étrangères. Elle était l'un des principaux membres du Parti socialiste, mais au cours de la campagne présidentielle, elle n'avait pas souhaité mettre en avant cette appartenance ; elle entendait ainsi signifier aux électeurs qu'elle voulait être la présidente de tous les Français. Cette stratégie avait payé. Elle avait été élue largement, grâce à l'apport d'une partie de l'électorat de droite. C'était une femme de petite taille, un peu boulotte ; un physique qui ne cadrait pas avec sa fonction, mais qui était compensé par un dynamisme exceptionnel et un sourire permanent. Et c'était une sportive ; étudiante, elle avait été championne universitaire de lancer du poids. À l'Élysée, malgré un emploi du temps démentiel, elle avait réservé vingt minutes chaque matin pour faire sa gym, sous l'égide de son coach personnel. Les premiers mois de sa présidence s'étaient bien passés, sa cote de popularité était plus haute qu'aucun de ses prédécesseurs à ce stade, mais les choses s'étaient gâtées quand elle avait voulu mettre en place la grande réforme de l'éducation nationale qu'elle avait annoncée pendant sa campagne. Sa proposition avait été massivement rejetée par les enseignants. Les écoles avaient été fermées pendant cinq semaines, des manifestations monstres avaient eu lieu un peu partout et la loi que souhaitait la Présidente avait dû être édulcorée pour pouvoir être votée.

Depuis, Nathalie Granet s'était montrée moins volontariste. Elle était consciente du risque d'immobilisme qui pouvait en résulter ; mais diriger l'État, c'était trouver le juste milieu entre l'audace et la prudence.

Tous les matins à huit heures, le ministre de l'Intérieur, Stéphane Grandmaurin, faisait le point avec la Présidente, sa directrice de cabinet et le secrétaire général sur les affaires courantes. Le jour du premier meurtre, il informa d'un crime commis à Strasbourg pendant la nuit, devant le Parlement européen. Nathalie Granet écouta sans réagir ; c'était une information parmi d'autres. Le ministre continua en lui expliquant comment la victime avait été assassinée ; il parla des aiguilles. À ce mot, l'expression de la Présidente changea ; le ministre eut la conviction de voir un éclair de peur, de panique même, dans ses yeux. Cela dura à peine une seconde. Craignant de s'être trahie, la Présidente se reprit très vite. Mais quand le ministre de l'Intérieur quitta le bureau, il était certain qu'un voile d'angoisse était passé dans le regard de Nathalie Granet au moment où il avait fait allusion aux aiguilles.

Le service de la correspondance présidentielle a pour objet de répondre aux quelque mille courriers et courriels que reçoit quotidiennement la présidente de la République. Dans une atmosphère d'*open space*, une centaine d'agents s'affairent à trier et à transmettre cette avalanche de lettres. Le service n'est pas situé à l'Élysée, mais au palais de l'Alma, à proximité du musée Jacques Chirac. Kevin Dupré, jeune gradé de la police nationale originaire de Bourges, y avait été nommé il y a quelques mois, à sa demande ; il avait voulu rejoindre Paris, et le fait d'être en poste à l'Élysée l'avait plutôt flatté. Il avait vite déchanté. Le travail était terriblement fastidieux, on était assis toute la journée, et toutes les lettres se ressemblaient. Requêtes diverses et variées qu'il fallait transmettre aux services compétents, lettres d'enfants que la Présidente tenait à signer personnellement, insultes qui finissaient à la corbeille.

Pourtant, ce jour-là, Kevin Dupré ouvrit un courrier différent des autres. Il était ainsi rédigé :

« Madame la présidente de la République,

Avec l'Union européenne, la France a perdu sa souveraineté. Elle se retrouve enfermée dans un carcan de bureaucratie, dépense des milliards pour rien, se voit rabaissée et humiliée. Elle est ouverte à tous les vents et les immigrés l'envahissent, au point de faire de mon pays, un jour prochain, une république islamique.

Je vous demande de faire en sorte que la France, comme le Royaume-Uni, quitte l'Europe.

Trois personnes ont été tuées à mon initiative. C'est un avertissement. Si vous ne prenez pas la décision immédiate d'organiser un référendum (qui, nous le savons tous, ira dans mon sens), je frapperai à nouveau. »

C'était signé « François Schmitt ».

Un nom d'emprunt, pensa tout de suite Kevin. Les lettres anonymes étaient systématiquement détruites, l'auteur du courrier le savait sans doute. Il montra la lettre à sa collègue la plus proche.

– C'est peut-être une blague. Tu sais bien qu'on en reçoit chaque jour par dizaines.

Oui, Kevin le savait. Mais toute la France parlait des meurtres à l'aiguille et cette lettre n'était pas anodine. Il n'y avait pas de timbre (les courriers à la présidence en sont dispensés) mais le cachet de la poste montrait que la lettre venait de la gare de Strasbourg. Kevin alla voir le directeur du service, qui, lui aussi, prit la lettre au sérieux. Elle fut photocopiée et l'original mis dans un parapheur et envoyé par porteur au ministre de l'Intérieur, avec la mention TTU, la formule consacrée pour « Très, très urgent ».

6

Dans sa grande maison à colombages, typique de l'architecture locale, Maxime Friedrich prenait son petit déjeuner. Il y avait maintenant deux ans qu'il avait emménagé dans l'Alsace Bossue, une région particulièrement reculée, riche en forêts et en châteaux médiévaux en ruine. À soixante-et-un ans, il était à la retraite, après une carrière de professeur de latin-grec de trente années où, riche d'une agrégation de lettres classiques, il avait été en poste dans plusieurs lycées, dont le dernier était à Strasbourg, le même que celui où enseignait Swann Guillou, le mari d'Amira Kerfi. C'était un homme de grande taille, d'allure sportive, à l'épaisse chevelure blanche et aux yeux vifs. Il avait été un professeur apprécié, quoique strict et distant, passionné par les langues mortes et bon pédagogue. Homosexuel, il avait toujours vécu seul. Il s'appelait Jean-François Zeller, mais dès sa retraite, il avait adopté un nom d'emprunt.

Il avait commencé à vivre son homosexualité quand il faisait ses études de lettres à l'université de Metz. Il n'était pas, à l'époque, le personnage froid et pervers qu'il allait devenir. Il menait alors une vie très libre et profitait du grand mouvement de libération homosexuelle qui avait suivi – avec un décalage d'une dizaine d'années – mai 68. Beau garçon, il avait de nombreux partenaires et, à son insu, prenait des risques car le sida, cette maladie encore mystérieuse, venait de faire son apparition.

Et puis, il était tombé amoureux, follement amoureux, d'un jeune homme de son âge, un garçon prénommé Éric qui étudiait l'histoire. Un beau blond au physique d'acteur de cinéma américain. Éric était mort du sida et Friedrich ne s'en était jamais remis. Est-ce cela qui l'avait empêché de vivre sa sexualité dans la liberté ? Ou son éducation le lui avait-elle interdit ? Maxime Friedrich avait grandi dans une famille pro-nazie. Son grand-père paternel, Henri Zeller, avait été, pendant la guerre, l'un des dirigeants du Landespartei, une organisation germanophile séparatiste ouvertement favorable à Hitler, et avait été fusillé à la Libération. Son père avait milité à l'extrême droite. Pendant toute son enfance, Maxime avait entendu un discours revanchard et haineux. Fils unique, couvé par sa mère, il aurait pu suivre l'exemple familial et se lancer dans une carrière politique ; mais cela ne l'intéressait pas. Il ne croyait pas aux idéologies, quelles qu'elles soient. Pour lui, le système était fondamentalement vicié. Maxime Friedrich était un admirateur de la démocratie athénienne, où seuls les hommes nés d'un père citoyen et d'une mère fille de citoyen pouvaient l'être eux-mêmes. Les femmes et les étrangers en étaient exclus, de même que les esclaves. Heureux temps !

Le pire, c'était l'élection d'une femme à la présidence de la République française. Une femme présidente ! Friedrich détestait les femmes ; il les rendait responsables de son homosexualité, comme si c'était à cause d'elles qu'il n'avait pas pu vivre la vie qu'il aurait voulue, c'est-à-dire fonder une famille et avoir des enfants. Et il avait des raisons particulières, personnelles, de haïr Nathalie Granet et de vouloir sa chute. Depuis sa retraite, il avait consacré son temps à mettre au point un plan radical pour se débarrasser de celle qu'il considérait comme une usurpatrice. Il bénéficiait pour cela des deux atouts indispensables : le temps et l'argent.

Le soir, il draguait. Rien d'étonnant à cela de la part d'un homosexuel solitaire et qui ne s'assumait pas. Pour ses rencontres, il se rendait dans des lieux de drague ; il évitait les bars et les boîtes, de peur d'être reconnu. Il ne voyait jamais deux fois la même personne. Il avait souvent affaire à des hommes mariés, qui vivaient leur homosexualité dans la dissimulation. C'est ce genre de partenaires qui lui plaisait le plus : des hommes virils, pas des minets. Le plus souvent, ils allaient à l'hôtel, en Allemagne de préférence, car la frontière était proche et c'était plus discret. Maxime Friedrich tenait à faire l'amour dans des conditions confortables.

Et puis, il y a de cela des années, une idée lui était venue. Un jour, après une rencontre où son partenaire avait beaucoup parlé de lui, de sa famille, de sa position respectable dans sa ville, il envisagea de le faire chanter. C'était facile : il suffisait de menacer de dire à sa femme et à ses enfants ce qui se passait certains soirs quand il n'était pas là.

Après le plaisir, la gratification. Le dispositif était bien rodé. Il profitait d'un moment d'inattention de son partenaire, parti prendre une douche ou qui s'était endormi, pour fouiller dans les poches de son blouson et noter son nom et son adresse.

Le surlendemain, le partenaire en question recevait une lettre de chantage, avec une photo ou une vidéo prise avec un téléphone portable non activé que Friedrich n'utilisait que pour cette fonction. Ces hommes mariés étaient terrorisés à l'idée que leur vie intime soit mise sur la place publique, et Maxime Friedrich jouait de leur culpabilité. Rendez-vous était pris dans un endroit discret, et il se voyait remettre une enveloppe contenant des billets. Il augmenta peu à peu ses demandes, les portant parfois à cinq mille euros. Ainsi, d'année en année, il se constitua un vrai magot en liquide qu'il cacha soigneusement dans le coffre-fort de sa maison.

Les parents de Friedrich étaient morts trois ans plus tôt, à quinze jours d'intervalle. Seul héritier, il avait reçu une somme considérable et deux maisons qu'il avait vendues. L'argent collecté s'ajoutait à celui du chantage. Il était très riche.

Son idée, c'était de commettre des crimes aussi odieux que possible, de manière à créer un climat d'effroi en France et en Europe, qui serait ensuite propice à une action plus ciblée contre la Présidente elle-même. Il fallait, dans un premier temps, entraîner la police sur une fausse piste, en l'occurrence l'Europe. Il était parfaitement conscient des difficultés ; les méthodes modernes d'investigation étaient de plus en plus efficaces et ne pas se faire prendre était un objectif presque impossible à atteindre. Mais il était suffisamment orgueilleux pour être convaincu qu'il y parviendrait.

Il utilisa les premiers mois de son installation pour se construire une image de petit retraité respectable. La maison qu'il avait choisie était éloignée de toute habitation, mais il y avait un village pas loin. Il rencontra le maire, expliqua qu'il était veuf et que ses enfants habitaient loin de l'Alsace. Il dit qu'il sortait peu car il se consacrait à l'étude. « Je suis un spécialiste d'Empédocle », avait-il affirmé, « et je traduis son œuvre ». Personne bien entendu ne connaissait ce philosophe grec, mais c'était flatteur pour le village d'héberger un tel érudit. Dès lors, on le laissa tranquille.

Il lui fallait un lieu où il pourrait se procurer les faux papiers qui lui seraient nécessaires. Un de ses anciens collègues était amateur de cocaïne et il lui avait communiqué une adresse. C'était à Paris, dans les quartiers riches. Rue de la Pompe, une officine dans un appartement qui approvisionnait des clients fortunés, dont beaucoup étaient membres du show-business ou du milieu politique. Ce n'était pas la drogue qui intéressait Friedrich. Il n'en avait jamais consommé. Mais il savait qu'il pourrait passer commande des documents divers qui allaient accompagner son parcours meurtrier. Cela lui coûterait une fortune, il en était conscient. Et il lui faudrait se déplacer régulièrement à Paris. Mais l'important était d'avoir une source fiable d'approvisionnement.

7

Le parapheur contenant la lettre signée François Schmitt se retrouva très vite sur le bureau du ministre de l'Intérieur. Celui-ci voulait être certain que le courrier était authentique avant de le transmettre à la Présidente, mais il n'y avait aucun moyen de le savoir avec certitude. Il fallait donc l'analyser dans un premier temps. Envoyé au laboratoire, il fut étudié en urgence. Il n'y avait aucune trace d'ADN ni d'empreintes digitales, la lettre avait été tapée sur un ordinateur Lenovo des plus courants, imprimée sur un type de papier qu'on trouve partout, et l'imprimante elle-même était d'un modèle bon marché, ultra répandu. Le ministre s'entretint avec son directeur de cabinet et ses principaux collaborateurs. Ils prirent la décision de transmettre le courrier à la Présidente. La gravité de la menace imposait de ne pas tergiverser ; il fallait agir vite.

Quand Stéphane Grandmaurin entra dans le bureau de Nathalie Granet, le parapheur à la main, il était neuf heures du matin. Quelques-uns des collaborateurs les plus proches de la Présidente s'entretenaient avec elle. La lettre circula. Que faire ? Ignorer la menace, en se disant que l'auteur de la lettre bluffait ? Ou au contraire tout faire pour éviter un nouveau crime, mais comment ? L'idée d'obtempérer à la demande contenue dans la lettre ne fut même pas évoquée. La Présidente demanda au ministre de l'Intérieur d'activer le niveau le plus élevé d'alerte, ce qui fut fait presque instantanément. Elle demanda également que le contenu de la lettre – et, le cas échéant, d'autres lettres à venir – soit classé « secret-défense ».

Le 11 juillet, le service de la correspondance présidentielle reçut une nouvelle lettre.

« Madame la présidente de la République,

Vous avez reçu une première lettre et vous vous demandiez si ce n'était pas une plaisanterie. Nil Svioutak, Alina Vasilenak et Pavel Jermalovic, tels sont les noms de mes premières victimes. Vous en voulez plus ? Faute de réponse de votre part, un nouveau crime sera commis dans les prochains jours.

François Schmitt. »

L'original fut transmis à la Présidente, des photocopies envoyées à tous les services concernés. C'était une affaire très grave, un chantage redoutable, qui pouvait créer une véritable panique et faire basculer l'État.

La deuxième lettre apportait la preuve de la dimension politique de l'affaire. Dès lors, l'Élysée pilota l'enquête, avec des moyens jamais réunis. Pas moins de quarante-cinq policiers, tous spécialisés dans les enquêtes criminelles, furent détachés pour s'occuper exclusivement de la recherche des coupables. Le ministre de l'Intérieur nomma le commandant divisionnaire Alain Bouvier chef de la cellule ainsi constituée. Bouvier avait résolu plusieurs affaires sensibles. C'était un excellent choix.

L'une des premières initiatives du commandant fut de retrouver la voiture qui avait fait le trajet entre Minsk et Berlin. Cette voiture n'avait pas été rapportée à l'agence de location. Il était probable qu'elle avait été laissée le long d'un trottoir, à proximité de la gare centrale de Berlin. Les collaborateurs de Bouvier transmirent le numéro d'immatriculation que leur avait communiqué l'agence à l'ambassade de France en Allemagne, à charge pour elle de demander aux services de police de Berlin de rechercher le véhicule. Il fut facile de le retrouver. C'était une Volvo Momentum, un véhicule suffisamment vaste pour asseoir cinq personnes à l'aise. Et en effet, l'analyse des traces d'ADN révéla que la voiture avait transporté cinq personnes et non quatre. Qui était le cinquième passager ? Son ADN était inconnu. Comment tracer cette personne ? Le cinquième passager avait-il accompagné le groupe jusqu'à Strasbourg ? Difficile de le savoir. Les billets de train n'étaient pas nominatifs et il n'y avait pas de contrôle à la frontière franco-allemande.

Pour Amira une explication simple était probable : un ami des trois jeunes aurait pu tout simplement profiter du covoiturage. Mais comment en avoir la preuve ? Ce cinquième passager risquait de rester une énigme.

8

Amira Kerfi avait craint que la maîtrise de l'enquête ne lui échappe ; comment exister à côté du pôle national ? Sans compter Interpol. Mais elle n'avait pas été dessaisie du dossier. Il avait été jugé important qu'une correspondante locale, connaissant bien la région, reste dans la boucle et dirige une équipe d'enquêteurs sur place. Bien entendu, l'Élysée gardait le contrôle du dossier et suivait ses moindres faits et gestes. Au fond, on lui demandait de faire le travail de terrain, quitte à se débarrasser d'elle si elle ne convenait plus.

Swann s'intéressait beaucoup à cette histoire. Pour lui qui menait l'existence tranquille d'un professeur de lycée, l'activité d'Amira ressemblait à un roman d'aventures. Il l'interrogea sur la Biélorussie.

– C'est comment, Minsk ?

– Tu sais, nous n'avons pas vu grand-chose.

– Quoi ? Une telle chance de voir cette ville que personne ne connaît et tu dis que tu n'as rien vu ?

– Disons que l'empreinte soviétique est encore très visible mais que la ville est plus dynamique, plus moderne que je n'aurais cru. Mais c'était un déplacement professionnel, tu le sais bien.

– Il faudra qu'on y aille un jour ; quand toute cette affaire sera finie.

En l'entendant évoquer une escapade à Minsk, Amira ne put s'empêcher de penser à Cédric. Elle s'en voulut, mais c'était plus fort qu'elle.

– Et l'enquête, elle avance ? continua Swann.

– Ils ont mis Bouvier pour diriger l'enquête à Paris. Ils disposent de moyens colossaux. L'hypothèse de Bouvier, c'est qu'il s'agit d'un coup des services secrets russes, pour affaiblir l'Europe. Mais – c'est peut-être prétentieux de ma part – je ne crois pas à une explication politique. Je suis convaincue que le, ou les tueurs, visent la Présidente. Et que la clé de cette histoire, ce sont les aiguilles. Mais je suis consciente aussi du risque qu'il y a pour moi d'impliquer la présidente de la République. Je joue gros, Swann.

Swann continua la conversation.

– C'est difficile de croire que les services secrets russes aient organisé le supplice de trois jeunes rien que pour nuire à l'Europe. Ça n'a guère de sens. Ils ont des preuves ?

– Bien sûr que non. En fait, reprit Amira, l'hypothèse de Bouvier, ce n'est pas que les services secrets russes soient à l'origine des meurtres. Il pense que les meurtres ont été commis par une organisation anti-européenne, prête à tout et qui voulait frapper fort, et que les Russes ont trouvé bon de la soutenir, sur le plan financier et logistique. Mais c'est une hypothèse que je trouve improbable, car si le gouvernement russe vient à être suspecté dans une affaire criminelle de cette sorte, il réagira violemment. Personnellement, je n'y crois pas. Je soupçonne Bouvier d'avoir imaginé cette explication uniquement pour mettre la Présidente en dehors de l'affaire.

Le complément du rapport d'Anne de Vianney arriva. L'analyse de traces microscopiques d'étoffe sur les corps montrait que les trois victimes avaient été suppliciées sur le même tissu et donc, probablement, au même endroit. Par ailleurs, le degré d'hygrométrie des cheveux évoquait un lieu où la végétation était importante, une forêt, par exemple. Cet indice confirmait l'idée qu'avait Amira : les victimes risquant de crier, il fallait les tuer dans un endroit suffisamment reculé pour qu'aucun voisin ne puisse entendre. Amira donna l'ordre à son groupe de visiter toutes les maisons isolées d'Alsace et de la partie proche de la Lorraine. Elle répartit le territoire en trois – Bas-Rhin, Haut-Rhin, Moselle – et demanda à ses collègues allemands de faire une recherche comparable. Le travail serait aussi fastidieux que l'aurait été la recherche des voitures, mais il était indispensable. Le problème, c'est qu'il prendrait du temps.

Cédric Beauroi était retourné à Paris et lui aussi continuait à travailler sur l'affaire. Amira pensait de plus en plus à lui. Cela l'ennuyait. Elle aimait Swann, c'était l'homme de sa vie, elle savait qu'elle ne trouverait jamais quelqu'un qui l'aime autant. Mais quelque chose s'était passé avec Cédric. Une attirance, une complicité. Elle ne savait rien de lui, même pas s'il avait une femme et des enfants ; ils n'avaient pas abordé ces questions. Ils avaient d'ailleurs peu parlé entre eux, l'affaire de Minsk les avait trop occupés.

Mais Amira s'était trouvée incroyablement à l'aise à ses côtés. Elle se dit que les meurtres à l'aiguille allaient lui permettre de garder le contact avec Cédric.

Elle ne se trompait pas. Elle fut convoquée pour une réunion à Paris. Elle appela Cédric. Celui-ci lui proposa de venir dormir chez lui. Il expliqua qu'il était séparé de sa femme et qu'il vivait seul en attendant le divorce. Amira fut prise de court. Elle était tentée, terriblement tentée. Mais c'était trop rapide et trop risqué. Elle lui dit qu'ils dîneraient ensemble et qu'elle prendrait une chambre d'hôtel.

9

Seul dans sa grande maison, Maxime Friedrich réfléchissait aux modalités de l'action-choc qui pourrait l'amener à s'attaquer à l'Élysée. Une telle ambition l'excitait beaucoup. Il avait amassé une fortune par le chantage, il avait soudoyé des dizaines de personnes sans qu'aucune ne porte plainte ; avec l'héritage de ses parents, cela constituait largement le budget dont il aurait besoin. L'important, c'était d'organiser les choses dans les moindres détails. Il eut très tôt l'idée de s'attaquer à l'appartenance de la France à l'Europe. Ce n'était pas par idéologie : membre ou non de l'Union européenne, la France restait un pays démocratique et il haïssait la démocratie – tout au moins telle qu'elle était pratiquée aujourd'hui dans les pays européens. L'idée de tuer et de torturer ne le gênait nullement. Il n'éprouvait aucune empathie pour ses semblables. Il savait que si on voulait créer une panique généralisée, il fallait ajouter de la barbarie au crime.

Il passa des jours et des jours à concevoir son projet. Il fallait organiser chaque moment dans les moindres détails. Son esprit scientifique l'aidait à imaginer un plan d'actions qui s'étalerait sur plusieurs mois. Il réussirait, il en était sûr.

Il avait besoin d'une équipe. Trois personnes : une avec laquelle il pourrait dialoguer et deux qui seraient en quelque sorte des hommes de main.

Concernant la première, un nom s'imposait : Charles Wagner, un ancien amant, qui fut comme lui professeur de lettres classiques et qui venait de prendre sa retraite. Wagner était un homme séduisant. Malgré son âge, il avait gardé un charme un peu à l'ancienne. Il évoquait un chanteur ou un acteur des années cinquante. De taille moyenne, les cheveux coiffés en arrière et légèrement gominés, le visage rasé de frais, il faisait penser à un crooner. Friedrich savait que c'était un admirateur du Troisième Reich et que l'idée de participer à une action visant à s'en prendre à l'État ne pouvait que lui plaire. De plus, Wagner gardait des sentiments pour lui. Ils avaient eu une relation pendant trois ans, il y avait déjà douze ou treize ans de cela, sans cohabiter, mais Friedrich s'était lassé de cet homme qu'il jugeait trop mou et qui ne pouvait pas lui faire oublier Éric, son grand amour. En revanche, Wagner avait éprouvé pour Friedrich une véritable passion, mêlée d'admiration. Friedrich était conscient que cette passion sans doute encore présente serait à la fois, pour lui, un atout et un problème.

Friedrich téléphona à Wagner. On était le 15 juin. Il n'utilisait le téléphone qu'exceptionnellement, et toujours pour parler de banalités. Il savait qu'il pouvait être sur écoute.

Il composa le numéro. Wagner décrocha.

– Alors, Charles, tu sais qui t'appelle ?

Wagner mit deux secondes avant de répondre. Il avait reconnu tout de suite la voix de Friedrich, mais il était secoué. Il y avait tellement longtemps qu'il n'avait eu aucun contact avec son ancien amant.

– Oui, bien sûr, Maxime. Comment vas-tu ?

Friedrich mentit. Il savait que Wagner le croirait.

– Charles, tu me manques. C'est curieux, je pense de plus en plus à toi depuis quelque temps. Que deviens-tu ? Il faudrait qu'on se revoie. Et je vais avoir besoin de toi.

– Moi aussi, Maxime, je pense à toi. Et si je dois t'aider, je suis partant, tu le sais.

Friedrich avait réfléchi à cette première conversation qu'il aurait avec Wagner. Il s'agissait de recréer le lien, sans pour autant parler de sentiments.

– Tu habites toujours à Haguenau ? Je me suis installé dans l'Alsace Bossue, je passe une retraite tranquille. Si tu veux, je passerai te voir. Demain, ça t'irait ? On parlera.

Wagner accepta avec empressement. Déjà l'idée de reprendre avec Friedrich émergeait dans sa tête. Il n'allait penser qu'à ça dans les vingt-quatre heures qui suivraient.

Le lendemain, quand Friedrich lui rendit visite, il l'accueillit chaleureusement. Un peu trop, même, ce qui eut pour effet, déjà, d'irriter Friedrich.

– Je mets les choses au point tout de suite, commença Friedrich. Je ne viens pas pour renouer avec toi. J'ai besoin de tes services. Je veux t'associer à un acte terroriste à finalité politique.

« Un acte terroriste à finalité politique. » C'était très excitant. Wagner attendait d'en savoir plus. Il regardait Friedrich avec une intensité presque ridicule ; il le trouvait toujours très beau, plus encore peut-être qu'à l'époque de leur relation.

Il lui proposa un café, que Friedrich accepta. Il était dix heures du matin. Avec un peu de chance, Friedrich resterait jusqu'à l'heure du déjeuner et dans cette perspective, Wagner avait préparé un repas et acheté un bon Riesling. Ils commencèrent par parler des années passées, du bon vieux temps où ils avaient été amants. Mais Wagner n'avait pas les mêmes souvenirs que Friedrich ; il avait été houspillé, humilié même, à de nombreuses reprises. Parfois, quand Friedrich proposait un dîner dans un restaurant de Strasbourg, il ne venait pas, obligeant Wagner à attendre et à manger seul. Le lendemain, au téléphone, il expliquait qu'il avait eu un empêchement. « Tu n'as pas pu me prévenir ? » risquait Wagner. « Si j'avais pu, je l'aurais fait, tu t'en doutes », répondait Friedrich, et Wagner le croyait, ou se forçait à le croire. Friedrich multipliait de telles occasions et plus il le faisait, plus Wagner s'attachait à lui. Curieusement, cette attitude méprisante et désinvolte ne l'avait pas rebuté, au contraire peut-être. Il faisait partie de ces êtres que la passion amoureuse aveugle totalement et qui prennent du plaisir à être dominés. Wagner était une proie pour Friedrich qui comptait bien l'utiliser au maximum.

La conversation s'orienta vers les projets de Friedrich.

– Je veux atteindre la présidente de la République. Je veux qu'elle s'en aille.

– Ah oui, dit Wagner. Et pourquoi ?

– Tu le sauras bien assez tôt. Je veux marquer les esprits par un coup aussi percutant que possible, continua Friedrich. J'ai l'idée de tuer trois jeunes gens et de jeter les corps sur les trottoirs de Strasbourg. Je veux aussi les faire souffrir. C'est essentiel que les crimes suscitent l'horreur.

– Des jeunes, demanda Wagner, que cette proposition étonnait mais ne choquait pas. Des garçons ou des filles ?

– Les deux, répondit Friedrich. Je veux les capturer, les tuer après les avoir torturés et me débarrasser des cadavres en pleine ville.

Charles Wagner sourit. L'idée lui plaisait beaucoup. Il était surtout content que son ami ait l'intention d'aller le plus loin possible.

– Et quand tu auras réussi cette première manche, qu'est-ce que tu feras ?

– Tu verras bien. Ne commence pas à poser des questions. Pour l'instant, je veux que tu m'aides. Il faut trouver ces jeunes et qu'ils soient, une fois morts, le plus difficile possible à identifier.

– J'ai peut-être une idée, s'exclama Wagner. Tu sais qu'il y a une dizaine d'années, j'ai été prof de français dans un lycée de Minsk, en Biélorussie ? J'ai encore des contacts là-bas. Beaucoup de Biélorusses rêvent de s'expatrier. Je pourrais facilement repérer trois jeunes qui ont fait leur scolarité en français et les amener en France. Il suffira de leur faire croire qu'on leur trouvera de quoi s'insérer ; ils ne se douteront de rien. Une fois en Alsace, il sera facile de les supprimer.

L'idée était excellente, mais il n'était pas question que Friedrich manifeste le moindre enthousiasme.

– Oui, pourquoi pas. Il faut y réfléchir.

Friedrich proposa à Wagner de venir habiter chez lui ; Wagner accepta avec joie. Malgré ce que lui avait dit Friedrich, il comptait bien reprendre sa relation avec lui. Tant pis pour le repas qu'il avait préparé. Il s'empressa de remplir une valise. Dix minutes plus tard, il était prêt. Il était très excité. Arrivé dans la maison de Friedrich, il se vit attribuer une chambre. On était alors à quinze jours du premier crime.

Ils dînèrent ensemble et se reparlèrent de leur passé ; il serait bien temps de parler boulot le lendemain. Friedrich se disait qu'il avait bien fait de faire appel à Wagner. Il le regardait qui parlait avec animation. Il n'était pas si vieux, il était encore bel homme ; Friedrich eut envie de lui et se dit qu'il pourrait joindre l'utile à l'agréable. Quand ils eurent terminé leur repas, il se rapprocha de lui, lui mit la main sur le genou. Ils se regardèrent. Cinq minutes plus tard, ils étaient nus tous les deux dans le lit de la chambre de Friedrich. Mais quand ils eurent terminé, Friedrich fit comprendre à Wagner qu'il n'était pas question qu'ils dorment ensemble. Il ne voulait pas d'affectif.

Le lendemain fut une journée de travail pour monter l'opération « Biélorussie ». Mais avant d'en discuter, Friedrich proposa à Wagner de lui montrer quelque chose. Ils allèrent dans la cuisine et Friedrich demanda à Wagner de l'aider à déplacer un lourd bahut qui cachait une trappe. Ils ouvrirent cette trappe, descendirent un escalier en pente raide et se trouvèrent dans une vaste cave qui datait peut-être du Moyen Âge. Il y avait là un véritable arsenal : des armes, des pains de plastic, les fameuses aiguilles à bovin. Wagner se rendit compte que Friedrich s'était donné les moyens de ses projets. Il en fut très impressionné, et même un peu inquiet. Ils remontèrent et se mirent au travail. Il fut décidé que Charles Wagner irait à Minsk. Il rencontrerait d'anciens élèves qui rêvaient d'aller en France. Une fois arrivés en Alsace, les trois jeunes seraient logés dans la maison de Friedrich, on leur dirait qu'il fallait attendre quelques jours. Puis on en convoquerait un en lui disant qu'on lui avait trouvé un travail et des papiers, et on le tuerait. Il fallait vingt-quatre heures entre chaque meurtre car il était important que chaque cadavre soit frais. L'exécution aux aiguilles aurait lieu dans l'une des pièces de la vaste maison, un bandeau sur la bouche éviterait les cris. Ni Friedrich ni Wagner ne se posaient la question de savoir si c'était cruel.

– On balancera les corps sur les trottoirs de Strasbourg pour les deux premiers, dit Friedrich. Et de Luxembourg pour le troisième car à ce stade, la surveillance policière en Alsace sera maximale.

– Et le reste de ton équipe ?

– Tu vas m'aider, reprit Friedrich. Il me faut deux jeunes de la banlieue de Strasbourg, des dealers. C'est l'argent qui les motivera. Ils seront prêts à tout si on les paie bien. Il faut qu'ils aient leur permis de conduire. Tu leur demanderas de nous procurer deux voitures. Vois avec eux. Ils devraient être capables de voler une Clio et une 208. Demande-leur de choisir des modèles anciens, de couleur grise.

Et comme Wagner semblait hésiter, il ajouta :

– Tu feras ça pour moi.

Charles Wagner avait déjà compris que Friedrich était le chef et qu'il fallait obéir. Cela ne lui déplaisait pas. Sur le plan sexuel aussi, il aimait se soumettre.

Les deux dealers devaient s'installer chez Friedrich au dernier moment ; il n'était pas souhaitable qu'ils restent inoccupés dans la maison trop longtemps. Les semaines qui précédèrent le début de l'action furent consacrées à mettre au point les moindres détails de l'opération. Friedrich savait qu'après le troisième meurtre et la deuxième lettre à la Présidente, un dispositif colossal de surveillance et d'enquête allait se mettre en place. Après les Biélorusses, son projet était de tuer une députée européenne française. Cela ne pouvait pas se faire en Alsace ; la police aurait forcément envisagé que le ou les criminels s'attaquent aux symboles de l'Europe, et plus précisément à des députés européens. Chaque député français – Il y en a soixante-dix-neuf – bénéficierait d'une protection policière.

Friedrich continua à briefer Wagner.

– Immédiatement après s'être débarrassé du troisième corps – et je dis bien immédiatement – il faudra quitter l'Alsace. Nous balancerons les deux voitures dans le Rhin. J'ai repéré un endroit isolé où la rive est en pente douce. Nous nous organiserons pour partir à l'autre bout de la France, avant que les barrages routiers ne soient mis en place. J'ai déjà loué une maison près de Hossegor.

– Tu comptes commettre d'autres crimes ? demanda Wagner.

– Oui. Je veux tuer une députée européenne. J'en ai choisi une qui habite dans sa circonscription, même si elle passe le plus clair de son temps à Bruxelles et à Strasbourg. J'ai repéré son logement familial en France, je sais où elle est et quand elle y est.

10

La réunion à Paris où Amira fut conviée lui apparut comme une perte de temps. Elle se contenta de faire de la figuration ; on ne lui posa aucune question. Elle assista à un véritable show du commandant Bouvier, visiblement ravi de piloter une enquête aussi importante. Elle n'apprit rien. La seule chose positive, c'est que Cédric Beauroi était lui aussi présent. Ils échangeaient souvent des regards, Amira aimait ses yeux rieurs et son sourire. À la pause-déjeuner, ils furent séparés et Amira se retrouva à la table de hauts fonctionnaires du ministère de l'Intérieur qui l'ignorèrent superbement. Le soir, Cédric lui dit qu'il voulait l'inviter à dîner dans un restaurant proche de son hôtel. Il choisit un restaurant marocain ; Amira trouva que c'était une idée plutôt maladroite, même si elle partait d'une bonne intention ; elle n'aimait pas, à tort peut-être, être ramenée à ses origines. Au cours du repas, Cédric évoqua beaucoup son mariage. Il n'avait pas d'enfant. Le divorce se passait mal. Ils parlèrent d'eux, cherchant l'un et l'autre à donner d'eux-mêmes la meilleure image. Amira se sentait comme dans un bain chaud. Elle était en train de tomber amoureuse.

Une fois l'addition payée, Cédric proposa de la raccompagner à son hôtel. Elle s'y attendait. Dans le hall de l'hôtel, elle lui dit bonsoir en le remerciant de l'avoir invitée. Mais il n'avait pas l'intention d'en rester là, et elle le savait. Elle pensait beaucoup à Swann, mais après tout Swann n'était pas là et il ne saurait rien de ce qui se passait ce soir-là. Elle invita Cédric à la rejoindre dans sa chambre.

Dans le TGV du retour, le lendemain matin, Amira s'interrogeait. Cédric n'était pas meilleur amant que Swann, il n'était ni plus beau ni plus intelligent. Le soir, Swann avait préparé un bon repas, choisi un bon vin. Amira se sentait terriblement coupable. Elle se demandait comment elle allait se sortir de cette histoire.

11

Le temps passait et l'existence de Friedrich et de Wagner s'organisait. Le second était le larbin du premier. C'est Wagner qui s'occupait des courses, de la cuisine et même du ménage. Certains soirs, en général dix minutes après l'heure du coucher, Friedrich frappait trois coups à la porte de la chambre de Wagner. C'était le signal. Wagner se déshabillait, il ouvrait, nu, la porte de la chambre de Friedrich, et il se glissait dans son lit. Cela ne durait pas longtemps. Wagner essayait bien de mettre un peu de tendresse dans leurs rapports, mais Friedrich n'en voulait pas. Wagner ne tardait pas à retourner dans sa chambre, un peu dépité mais content quand même ; quel que soit le domaine, il aimait donner satisfaction à Friedrich.

La préparation du déplacement de Wagner à Minsk prit une semaine. Il fallait d'abord trouver les trois jeunes – deux garçons, une fille – qui allaient être choisis pour être les victimes de Friedrich. Ce n'était pas le plus difficile ; Wagner pouvait s'appuyer sur les anciens élèves avec lesquels il avait gardé un contact. Dans ces pays de l'Est, de nombreux jeunes rêvent de s'expatrier dans un pays occidental, et c'est pourquoi beaucoup apprennent à parler couramment le français, l'anglais ou l'allemand. Ensuite, Wagner avait besoin d'un intermédiaire, un passeur qui puisse procurer les faux passeports des trois jeunes avec les visas et permettre le passage de la frontière avec la Pologne. Ensuite, ce serait l'espace Schengen, il n'y aurait plus de contrôle. Wagner avait vécu à Minsk sans aucun contact avec les milieux interlopes. C'est Friedrich qui, grâce au réseau avec lequel il était en contact, lui indiqua la personne adéquate, et combien cela allait coûter. Les relations avec cette personne se firent avec le portable de Wagner. Le 24 juin, quand tout fut organisé dans les moindres détails, Wagner s'envola pour Minsk. Il avait écouté les recommandations de Friedrich concernant les empreintes digitales qui, où qu'il soit, devaient toujours être effacées. Wagner ne se rendait pas compte des risques qu'il prenait en voyageant avec son propre passeport. Friedrich, lui, en était parfaitement conscient.

À Minsk, Wagner fut accueilli avec chaleur par ses anciens collègues et ses anciens élèves. Il y eut un incident. Invité à dîner par la famille de Pavel Jermalovic, l'une des futures victimes, il eut un malaise au cours du repas. La fatigue du voyage, sans doute, ou le stress, plus certainement, dû au poids de la responsabilité que lui avait confiée Friedrich. Il fut conduit à l'hôpital où on le garda quelques heures ; il se remit très vite.

Avant de partir pour Minsk, Wagner avait appelé les trois jeunes pour leur proposer de les emmener en France. C'étaient des jeunes qui appartenaient à des familles fortunées ; ils pourraient ainsi contribuer financièrement à la rémunération du passeur et aux frais du voyage. Ils avaient accepté avec joie, sans se poser de question sur les raisons qui poussaient leur ancien prof à faire cette proposition et à la financer en partie. Ils quittèrent Minsk dans une voiture de location. L'ambiance était excellente ; les jeunes se relayaient au volant. Ils allèrent jusqu'à Berlin ; cela prit deux jours. Ils firent une halte à Varsovie, Wagner y avait loué un appartement. Il savait que ces trois jeunes, si beaux, si sympathiques, si doués, allaient bientôt être torturés puis mis à mort ; cela ne lui posait aucun problème ; il en tirait une sorte d'excitation perverse, faite de sadisme et aussi du désir forcené de plaire à Friedrich. Ils passèrent une nuit à Berlin, y abandonnèrent la voiture et prirent le train pour Strasbourg.

Friedrich était venu accueillir les trois jeunes à la gare. Ils étaient heureux de commencer une nouvelle vie. Ils furent conduits dans la grande maison et on leur donna une chambre avec trois lits. Friedrich leur confisqua leurs téléphones portables – pour des raisons de sécurité, expliqua-t-il ; cela n'avait guère de sens, mais les trois jeunes acceptèrent ; ils étaient trop heureux d'être en France et ils étaient en totale confiance. Pour les occuper, il y avait de nombreux livres et un lecteur DVD avec toute une collection de films – mais ni radio ni télévision. Ils comprirent très vite qu'ils avaient affaire à un couple homosexuel, mais cela ne les gênait ni ne les étonnait.

Dès le lendemain, Wagner alla chercher les deux dealers qu'il avait repérés, un d'origine française, Julien Farge, et un Serbe, Dimitrije Salkanovic. Il n'avait pas voulu d'Arabes ni de Noirs. Ils allèrent tous les trois dans un café. À cette heure de la journée, il y avait peu de monde et ils trouvèrent sans difficulté un coin tranquille pour parler. Wagner commanda des bières. Il avait préparé son discours, sur les conseils de Friedrich.

– D'abord, il faut que vous sachiez qu'il s'agit d'une mission secrète. Vous avez la chance d'avoir été choisis et vous allez vous faire un paquet de fric. Le grand chef, Maxime Friedrich, est un membre influent d'un réseau international et il faudra lui obéir. Vous devrez vous engager à ne parler à personne. La discrétion est indispensable pour échapper aux flics, car sinon vous allez vous retrouver en taule pour vingt ans.

Les deux jeunes étaient fascinés, à la fois émoustillés et inquiets. Pour eux qui n'avaient jamais eu la moindre reconnaissance et qui n'avaient que le trafic de drogue pour se valoriser, c'était l'occasion de devenir quelqu'un. Cela ressemblait au scénario d'un de ces films hollywoodiens de série B dont ils s'étaient nourris depuis l'enfance. Wagner expliqua ce qu'ils devraient faire et il leur donna d'emblée la moitié de la somme.

Deux jours plus tard, ils arrivaient chez Friedrich avec les voitures. Ils s'installèrent dans la maison, sans se montrer aux trois jeunes.

Vers onze heures du soir, Friedrich entra dans la chambre des Biélorusses et s'adressa à Nil : « Venez avec moi, j'ai des papiers à vous remettre. » Et il ajouta, à l'attention des deux autres : « Ne vous inquiétez pas, votre tour viendra très vite. » Il recueillit de grands sourires. Les trois Biélorusses pensaient qu'une nouvelle vie, libre et heureuse, commençait pour eux. Nil suivit Friedrich sans la moindre appréhension. Entré dans la pièce, il vit les deux voyous et commença, non pas à s'inquiéter, mais à s'étonner. Friedrich ferma la porte de la pièce à clé et, très vite, Julien et Dimitrije se saisirent de Nil, le bâillonnèrent à l'aide d'un adhésif et le déshabillèrent.

Nil se débattit mais il ne faisait pas le poids. Il fut attaché sur une table qui se trouvait là. Friedrich et Wagner, debout à proximité, regardaient sans intervenir. Les deux tortionnaires prirent les outils dont ils avaient besoin. Les yeux de Nil étaient révulsés de terreur. Le calvaire commença.

Quand le corps fut martyrisé au point que Nil avait presque perdu connaissance, Friedrich demanda qu'on lui donne l'aiguille à bovin et il l'enfonça lui-même dans le cœur du jeune homme. Comme les deux Biélorusses restés dans la chambre risquaient de s'étonner de ne pas voir revenir leur ami, Friedrich avait pris soin d'expliquer qu'une fois nanti de papiers, chacun des trois jeunes serait emmené à Strasbourg où il ou elle logerait chez un ami.

C'est Wagner qui fut chargé de laver le corps et d'enlever le mieux possible les taches de sang sur la table et sur le sol. Pendant ce temps, Julien et Dimitrije prirent le corps, l'enveloppèrent dans une couverture et allèrent le mettre dans le coffre de la Clio garée dans la cour. Ils revêtirent la combinaison noire. Ils ne devaient mettre la cagoule qu'au dernier moment. Friedrich insista pour qu'ils respectent scrupuleusement le Code de la route, notamment les limitations de vitesse. Ils ne devaient cacher les plaques minéralogiques qu'à l'entrée de Strasbourg. Ils firent exactement ce qui leur avait été demandé.

Ils devaient maintenant rester vingt-quatre heures dans une chambre, sans se faire remarquer par les deux Biélorusses. Ce n'était pas le plus simple. Friedrich leur avait, à eux aussi, confisqué les portables, et ils disposaient d'une pile de DVD.

Quand le tour d'Alina arriva, le soir suivant, et avant qu'elle ne soit amenée dans la pièce où elle devait être tuée, ils demandèrent s'ils pouvaient la violer. Friedrich y était totalement opposé. Il ne voulait pas que le rituel de la tuerie soit différent de celui des hommes ; de plus, il savait qu'il y aurait une autopsie et il ne fallait pas qu'on trouve des traces de sperme. Quand Alina entra dans la pièce, en confiance comme l'avait été Nil, ils l'empoignèrent et la bâillonnèrent, puis ils la déshabillèrent et l'attachèrent. Ils étaient l'un et l'autre terriblement excités de tenir entre leurs mains ce beau corps féminin et ce fut pour eux une grande frustration de se contenter de le percer avec des aiguilles. Une fois morte, Alina fut mise dans le coffre de la Clio et emmenée à Strasbourg, comme l'avait été le corps de Nil. Cette deuxième opération fut aussi réussie que la première.

Il restait à faire son affaire du dernier Biélorusse. Pavel attendait son tour bien sagement, en regardant des vidéos. Il n'avait aucun soupçon.

– C'est la partie la plus difficile de l'opération, dit Friedrich à Wagner. La police est sur les dents. C'est pourquoi nous balancerons Pavel à Luxembourg, et non à Strasbourg.

– Oui, répondit Wagner. C'est ce que j'avais compris et c'est pourquoi j'ai fait le calcul. Il faut deux heures d'ici à Luxembourg.

– Deux heures pour l'aller, corrigea Friedrich. Car il faudra revenir pour se débarrasser de la voiture. Ils prendront la 208, c'est plus prudent. Nous irons les attendre avec les deux autres voitures, la Mercedes et la Clio, au bord du Rhin, à l'endroit que je leur ai indiqué.

– Tu comptes brûler la maison ? demanda Wagner.

– Ce serait le meilleur moyen d'attirer l'attention. Même si elle est inondée d'essence, même s'il ne reste que des cendres, les experts parviendront toujours à trouver des indices. Non, nous fermerons la maison, comme si j'étais parti en vacances. En revanche, tu devras tout nettoyer à fond. Je compte sur toi. Aucune trace de sang, aucune empreinte ne doit subsister. Ensuite nous partirons pour le Rhin, puis, une fois les deux bagnoles à l'eau, nous prendrons la route pour Hossegor.

– J'ai fait le calcul, dit Wagner, soucieux de montrer à Friedrich qu'il était capable de prendre une initiative. Il faut neuf heures si on prend les autoroutes.

– Espèce de crétin, répondit violemment Friedrich. C'est sur les autoroutes qu'on a le plus de risques de rencontrer un barrage routier. On prendra les nationales. On fera la route en deux jours.

– On dormira à l'hôtel ?

– Oui, pour se faire pincer ! On fera halte dans un endroit désert, près de Thouars dans le Poitou. On dormira dans la voiture.

– Et les deux voyous ?

– Je leur ai déjà parlé. Ils ne viendront pas avec nous. Après avoir jeté les voitures à l'eau, nous les laisserons à la gare de Haguenau. Je leur ai déjà dit que s'ils parlaient, la police les retrouverait et ils passeraient vingt ans en prison. Ils se tairont.

Après l'exécution de Pavel, les deux dealers emmenèrent son corps à Luxembourg. Le trajet en autoroute ne posa pas de problème, mais ils furent déconcertés par la grande ville de Luxembourg, avec son urbanisme si particulier tout en dénivelé. Ils n'avaient jamais quitté Strasbourg de leur vie. Ils ne trouvaient pas l'endroit que leur avait désigné Friedrich pour déposer le corps, et cela malgré le signal que formaient les tours de la Cour de justice de l'Union européenne. Ils étaient perdus. Ils avaient peur de prendre du retard ; ils savaient qu'il était essentiel de se trouver au bord du Rhin avant l'aube. Ils tournaient dans cette ville presque déserte à cette heure de la nuit, et ils avaient interdiction de demander leur chemin. Le GPS aurait dû les aider, mais ils étaient trop stressés pour s'en servir correctement. Finalement, ils arrivèrent à proximité de l'esplanade où se trouvait la Cour de justice, et ils abandonnèrent le corps sur un trottoir du quartier de Kirchberg. Ils reprirent la route pour la France.

Ils furent arrêtés par la police de Luxembourg à la sortie de la ville. Ils montrèrent leurs papiers, ceux de la voiture et les leurs. Friedrich avait anticipé ce contrôle. Il avait changé les plaques minéralogiques de la voiture et fourni de faux papiers aux deux voyous. Il avait également imaginé le scénario à présenter aux policiers : les deux garçons habitaient Thionville, ils étaient allés à Luxembourg pour passer la soirée dans une boîte. Ils donnèrent aux policiers le nom du night-club que leur avait indiqué Friedrich. Les policiers fouillèrent la voiture. Julien et Dimitrije avaient enroulé le corps de Pavel dans une couverture et, après avoir jeté le cadavre sur le trottoir, ils avaient mis la couverture dans un sac-poubelle et s'en étaient débarrassé. De cette façon, aucune trace de sang n'était détectable. Après les avoir retenus pendant plus de vingt minutes, les policiers les laissèrent partir. Ils arrivèrent avec un retard d'une bonne demi-heure au bord du Rhin. Entre-temps, Friedrich et Wagner avaient chargé le coffre de la Mercedes du minimum dont ils auraient besoin et ils avaient soigneusement fermé la maison. Friedrich conduisait la Mercedes, Wagner la Clio. Arrivé à destination, Friedrich s'énervait d'attendre les deux dealers. Quand ils arrivèrent, comme ils s'y attendaient, ils eurent droit à un savon, puis Friedrich leur demanda de pousser la Clio et la 208 dans l'eau. Dans la lumière des phares de la Mercedes, ils virent les deux voitures s'enfoncer dans les remous boueux du Rhin et partir avec le courant. Puis ils prirent la route tous les quatre. Julien et Dimitrije furent déposés à la gare de Haguenau.

En tuant les trois Biélorusses, Maxime Friedrich avait fait un sans-faute. Il n'avait même pas utilisé les armes. Mais le plus dur restait à faire, maintenant qu'il avait toutes les polices de France et d'Europe à ses trousses.

12

À la cellule de crise de Strasbourg, c'était l'effervescence. Plusieurs spécialistes de l'investigation s'étaient installés en Alsace. Tous les moyens de recherche, jusqu'aux plus sophistiqués, étaient utilisés. Tout le monde avait compris que l'Élysée suivait l'affaire de très près. La presse commençait à attaquer le pouvoir politique. Comment, aucun résultat ? La violence des crimes frappait l'opinion. Des reportages sur les trois jeunes Biélorusses avaient paru dans plusieurs magazines à grand tirage. On les voyait en famille ou entre amis, joyeux, rieurs. Ils parlaient français et adoraient la France. De nombreux journalistes enquêtaient de leur côté, certains étaient allés sur place. Il paraissait impossible qu'on ne retrouve pas rapidement les auteurs des crimes. On saurait enfin pourquoi ces jeunes avaient été tués, car jusqu'à présent, on n'avait pas le moindre mobile.

Amira vivait une expérience exceptionnelle, telle qu'il en existe rarement dans une vie de flic ; mais elle était un peu dépassée. Son idée de visiter les maisons isolées n'avait rien donné. Il aurait fallu des semaines pour toutes les voir, cela ne menait à rien. Plus tard, elle regrettera de n'avoir pas poussé les recherches sur tout le territoire alsacien et ainsi, de n'avoir pas visité la maison de Friedrich.

Swann avait fait sa demande de mutation, mais quelque chose clochait dans sa relation avec Amira. C'était à peine perceptible. Comme si la dynamique de leur amour s'était enrayée. Il attribuait le changement d'humeur d'Amira à l'affaire qui l'occupait et se disait qu'il fallait simplement attendre que ce soit fini. Mais au fond de lui il se rendait compte, sans oser se l'avouer, qu'il y avait autre chose, comme si Amira ne l'aimait plus, ou, simplement, l'aimait moins.

13

Le matin du 2 juillet à huit heures, dans son bureau de l'Élysée, la présidente de la République faisait le point sur les meurtres à l'aiguille avec le ministre de l'Intérieur, la directrice de cabinet, le chef d'état-major, le directeur de la police nationale et le commandant divisionnaire Bouvier. Jour après jour, elle s'énervait de plus en plus. Elle n'arrivait pas à comprendre comment des crimes aussi spectaculaires pouvaient à ce point garder leur mystère. Bouvier prit la parole.

– Les lettres de revendication sont sans ambiguïté. Une organisation – à ce stade, nous ignorons ce qu'elle est – cherche à faire en sorte que la France quitte l'Union européenne. Le choix de la Biélorussie n'est pas dû au hasard. Ce pays, vous le savez, est considéré comme la dernière dictature d'Europe. C'est aussi un allié constant de la Russie. Or, la Russie a tout intérêt à bouleverser l'Europe qui, telle qu'elle est, constitue pour elle une puissance rivale. En braquant le projecteur sur la Biélorussie, elle évite d'être mise en cause. Si la France, fondatrice de l'Union européenne et l'un de ses piliers, quitte l'Europe, la Russie aura ouvert la voie à un démantèlement total de l'Union européenne. D'autres pays – l'Italie, les Pays-Bas… – suivront. Les Russes auront réussi un grand coup et en toute discrétion car ils n'auront pas agi directement.

Le fait d'impliquer la Russie n'étonnait pas la Présidente. En revanche, les moyens utilisés étaient curieux. Pourquoi torturer et tuer trois jeunes Biélorusses ? Bouvier poursuivit.

– C'est toute l'habileté des services secrets russes. La Russie est convaincue qu'une accumulation de crimes forcera la France à prendre la décision d'un référendum sur l'Europe, pour arrêter le massacre. Et plus les crimes sont odieux, plus la pression populaire sera forte. C'est une opération inédite, et d'une habileté démoniaque. Il suffit de quelques meurtres pour détruire l'Europe.

La Présidente avait écouté avec une grande attention. Elle savait que les rapports avec la Russie étaient difficiles. Les déductions de Bouvier paraissaient crédibles. Elle prit la parole.

– Qu'est-ce qui vous fait penser à l'implication de la Russie ?

– La Biélorussie, répondit Bouvier. Ce pays est le bras armé de la Russie. Les deux ambassadeurs de France, à Minsk et à Moscou, confortent mon analyse, ainsi que les attachés militaires de ces deux ambassades.

– C'est une thèse intéressante. Mais il me faut des preuves. Et surtout, cette organisation dont vous parlez, il faut la repérer. L'urgence absolue, c'est que les crimes s'arrêtent.

À la cellule d'investigation, à Strasbourg, ce matin-là, Amira fut interrogée par le procureur de la

République et l'ensemble des enquêteurs. Le Gall, qui l'avait accompagnée à Minsk, était là. L'occasion pour elle de montrer qu'elle n'était pas une ravissante idiote. Cédric Beauroi était présent lui aussi. Où en était-elle de ses recherches ? Que pensait-elle de l'affaire ? Elle prit la parole avec assurance.

– Nous avons reçu les conclusions de l'institut médico-légal, les analyses des vidéosurveillances, la recherche d'empreintes et d'ADN, les témoignages des personnes qui ont trouvé les trois corps. Tous ces documents vous ont été remis et je les ai transmis également à la cellule du commandant Bouvier à Paris. Il apparaît qu'un individu nommé Charles Wagner, qui avait enseigné à Minsk il y a une dizaine d'années, y est retourné récemment pour ramener trois jeunes. Pourquoi justement ces trois jeunes ? Je me trompe peut-être, mais je pense que c'est un choix fait au hasard, le ou les tueurs cherchant surtout à marquer l'opinion en s'emparant de jeunes, et peu importe de quels jeunes il s'agit.

– Le hasard ? s'empressa de dire Le Gall. Difficile à croire quand on voit ce qu'on leur a infligé…

– La police locale à Minsk a enquêté sur les trois victimes, reprit Amira. Elle pensait à une histoire de drogue, mais elle n'a rien trouvé. Des jeunes bien sous tous rapports, qui rêvaient, comme beaucoup d'autres, de quitter la Biélorussie pour faire leur vie en Europe de l'Ouest. Si les tueurs ont ainsi torturé ces personnes, c'est qu'ils sont prêts à tout, continua Amira sans se laisser intimider. Comme vous savez, l'Élysée nous a transmis les lettres de revendication. Elles nous intriguent. S'agit-il de crimes politiques perpétrés par des ennemis de l'Europe ? C'est apparemment ce que pense le commandant Bouvier. Ou d'actes terroristes, mais le mode opératoire ne correspond pas à ce genre d'actions, ou encore de crimes gratuits, comme si quelqu'un chercherait à affronter la Présidente dans le seul but de lui nuire ? Quelqu'un qui lui en voudrait pour telle ou telle raison ? Nous avons pu relever les traces de l'ADN de ce Wagner à Minsk, grâce à un échantillon de son sang conservé à l'hôpital où il avait fait un séjour à la suite d'un malaise. Ce qui nous étonne, c'est qu'il a voyagé avec son propre passeport. Son passage est signalé en plusieurs endroits. Aéroport Charles de Gaulle, entrée sur le territoire biélorusse, location d'un véhicule, frontière entre la Biélorussie et la Pologne. Il y a là un manque de prudence qui ne cadre pas avec la sophistication des crimes.

– Comment pensez-vous retrouver ce Wagner ? demanda le procureur.

– Comme vous savez, nous sommes allés à son domicile à Haguenau, répondit Amira. Évidemment, il n'y était pas, mais nous avons ses photos et ses empreintes. En revanche, nous n'avons trouvé aucun document chez lui qui témoigne d'une implication quelconque dans les crimes. Il n'est pas certain qu'il soit, comme nous l'avions pensé au début, le cerveau de l'affaire, mais nous n'avons pas encore compris quel est son rôle. De nombreuses questions restent en suspens. Pourquoi le choix de ces jeunes Biélorusses ? Pourquoi, et comment, ont-ils été amenés en France ? Pourquoi ont-ils été torturés ? Quel lien avec l'Union européenne ? Que veulent dire les lettres à la Présidente ? Il est probable que nous avons affaire à un fou, à un pervers, mais en même temps à quelqu'un de très structuré et qui nous nargue.

– La Présidente pense que c'est un plan qui vise à entraver son action en faveur de l'Europe, dit l'un des conseillers de l'Élysée.

– Sans doute. Mais c'est peut-être un leurre. Vous remarquerez que les lettres à la Présidente sont restées confidentielles. Le ou les tueurs auraient pu transmettre leur contenu à la presse ; ils ne l'ont pas fait. Le plus urgent, c'est ce Charles Wagner. Il habite Haguenau, beaucoup de personnes le connaissent. On ne sait pas où il est actuellement, mais on devrait trouver. Encore une fois, pourquoi s'est-il exposé ainsi en allant à Minsk ? Et quel a été son rôle exactement ? Ce petit prof de lettres n'a pas le profil d'un tueur, même si nous savons qu'il s'agit d'un nostalgique des nazis.

La conversation se poursuivit longtemps. Ce qui en ressortait au final, c'est que d'autres crimes allaient être commis. Où ? Quand ? On n'en savait rien.

Le soir, Amira retrouva Cédric. Ils dînèrent ensemble dans un restaurant, français cette fois. Cédric ne put s'empêcher de parler de l'affaire.

– Je ne te suis pas, Amira. Comment peux-tu penser que les trois jeunes Biélorusses ont été choisis par hasard ? Ça n'a pas de sens, et c'est pourtant ce que tu as insinué pendant la réunion. Le fameux Wagner, il serait allé à Minsk sans raison ? Je ne le crois pas.

– Je n'en sais rien. Je me contente de relever les faits. Ces trois jeunes n'ont rien qui les relie au crime ou à la délinquance.

– C'est vrai, répondit Cédric. Mais les tueurs pouvaient tout aussi bien choisir des jeunes de Strasbourg. Pourquoi aller jusqu'à Minsk ?

– Ce n'est pas facile de capturer trois jeunes, de les emmener dans un lieu précis, de les tuer lentement et méthodiquement. Ils ne se seraient pas laissé faire. Dans le cas des Biélorusses, on les avait appâtés. L'idée, c'était d'obtenir un permis de séjour en France, la chose à laquelle ils tenaient le plus. Pour ça, ils auraient accepté n'importe quoi.

– Tu as peut-être raison, dit Cédric. Mais alors, pourquoi ce Charles Wagner a-t-il voyagé en s'exposant à ce point ?

– Il reste bien des aspects à éclaircir, et tant que nous n'aurons pas retrouvé ce Wagner, nous n'avancerons guère. La vérité est d'ailleurs peut-être tout à fait différente. J'attends avec impatience le résultat des enquêtes menées par les ambassades européennes sur les structures anti-européennes. Et n'oublie pas la version de Bouvier : un coup des Russes. Je n'y crois pas, mais j'ai peut-être tort.

Cédric était bien obligé de reconnaître qu'Amira maîtrisait son sujet. Comme c'était elle qui avait le pilotage de l'affaire, il en était un peu jaloux. Ils étaient sur le même terrain et cela créait une forme de concurrence entre eux. Amira en était consciente et elle se rendait compte que cela pouvait nuire à leur relation. En plus, Cédric se sentait frustré car à

Strasbourg, il ne pouvait pas passer la nuit avec Amira.

Après ces jours de travail intense, de stress, d'insomnies, Amira avait obtenu du préfet de prendre un court congé. Le 14 juillet étant un jeudi, elle pourrait faire le pont et prendre quatre jours. Elle fut autorisée à partir à la condition qu'elle emporte son ordinateur et qu'elle continue à travailler sur place ; mais c'était quand même une pause. Elle en parla à Swann et celui-ci organisa, sans rien lui en dire, un séjour à l'île de Ré. Elle en avait souvent parlé comme d'un endroit qu'elle avait envie de connaître, et Swann pensait que c'était ce qu'il lui fallait. Un week-end reposant, un peu sportif, proche de la nature. Il avait loué une maison aux Portes, le village le plus au nord de l'île. C'était l'occasion pour eux deux de se retrouver. Quand il lui annonça que tout était organisé, elle eut une réaction contrastée ; d'un côté, elle était heureuse que Swann ait pris cette initiative et d'un autre, elle craignait de ne pas être disponible pour lui au plan émotionnel, à cause de Cédric. Cédric ! Il commençait à l'obséder, celui-là ! Il était peut-être temps de faire un choix… Ce petit séjour serait l'occasion d'y voir plus clair.

Les jours précédents avaient été très éprouvants. Elle n'était pas contente d'elle. L'histoire des trois crimes était si déroutante qu'elle n'avait pas réussi à la saisir. Et puis, l'emballement médiatique avait été tel qu'elle avait failli perdre la main. Le pire, c'est qu'il n'y avait toujours aucune avancée. Elle pensait souvent à ces trois jeunes, à leurs corps martyrisés. Tant de cruauté évoquait les pires atrocités de la Seconde Guerre mondiale. Il fallait attraper les coupables avant qu'un nouveau crime ne soit commis. Mais pour l'instant, et malgré la pression du travail, elle devait s'arrêter un peu. Swann l'avait bien compris.

14

Sylvie Besson, députée européenne, se réjouissait de ces quelques jours de repos qu'elle allait passer avec ses trois enfants, son mari et sa mère, dans sa maison de Saint-Clément-des-Baleines, à l'île de Ré. C'était une maison basse, ancienne mais joliment restaurée, avec un jardin clos d'un mur de pierre. Elle habitait un appartement à La Rochelle. L'île de Ré, c'était son refuge, un véritable petit paradis.

Non seulement son travail d'élue était éreintant, avec ces déplacements incessants entre la Charente-Maritime, Bruxelles et Strasbourg, sans compter les réunions à Paris, mais une inquiétude s'était instillée en elle, à cause de ce qu'on appelait les « meurtres à l'aiguille ». Le ministre de l'Intérieur avait mis en garde les députés européens des risques qu'ils couraient en raison des menaces des criminels qui avaient déjà tué trois personnes ; il avait exigé qu'ils acceptent une protection policière. Cela voulait dire que des policiers allaient les suivre vingt-quatre heures sur vingt-quatre, où qu'ils aillent. Sylvie Besson avait essayé de refuser cette protection, mais elle n'avait pas eu le choix. Sa famille en revanche se sentait rassurée. L'ambiance était à l'angoisse.

Sylvie Besson avait quarante-trois ans. C'était son deuxième mandat et elle se donnait à fond. Chaque député a un ou deux axes qui lui sont propres et qu'il ou elle défend ; pour elle, c'était l'éducation. Ancienne professeure des écoles, elle était convaincue que l'éducation était la base de toute réussite humaine et elle se battait pour que chaque enfant ait la même chance – ce qui, en France notamment, était loin d'être le cas, malgré le discours égalitaire de ce qu'on appelait la République. C'était une belle femme, grande, blonde, énergique. Son mari, Christophe, du même âge qu'elle, était directeur de la Coursive, le plus grand théâtre de La Rochelle. Les emplois du temps de l'un et de l'autre étaient infernaux, et c'est pourquoi Sylvie avait convaincu sa mère, qui était veuve, de venir s'installer chez eux et de s'occuper de leurs trois enfants, Lou, seize ans, Raphaël, quatorze ans, et Martin, le petit dernier, sept ans.

Ce n'était pas facile de s'habituer à la présence permanente de ces policiers – ils étaient trois qui se relayaient. Quand la famille était dans la maison, le flic montait la garde à la porte ; pendant les balades à vélo, il pédalait derrière, ou devant. Il était là aussi au marché d'Ars-en-Ré et même à la plage, au point de devenir presque un membre de la famille. Sylvie continuait de trouver cette présence inutile. Qui viendrait l'attaquer ici ? Mais il fallait se plier à la règle.

15

Le jour se levait quand Friedrich et Wagner débarquèrent les deux voyous à la gare de Haguenau. Ils prirent la route pour Hossegor. On était le 1er juillet. C'est Wagner qui conduisait la Mercedes. Friedrich se détendait, dans l'admiration narcissique qui lui était si familière. Tout s'était passé exactement comme il l'avait voulu. Voilà que le retraité anonyme qu'il était damait le pion à la France entière et même à l'Europe. Et ce n'était que le début. Il attendait avec impatience de pouvoir tuer Sylvie Besson, cette activiste de gauche à moitié hystérique !

Alors qu'ils avaient dépassé Nancy, ils furent arrêtés par un barrage routier. Il fallait s'y attendre et Friedrich s'y attendait. Le flic les contrôla. Ils donnèrent de faux papiers. Wagner, à la demande de Friedrich, avait modifié son apparence en se laissant pousser la barbe et en mettant une perruque. Tout dans l'allure de ces deux automobilistes donnait l'image de retraités en villégiature. Le flic leur posa quelques questions. « Nous allons aux Sables-d'Olonne retrouver nos petits-enfants et leurs familles pour les vacances », dirent-ils. Le flic les laissa partir.

Ayant repris la route, Friedrich se sentit en veine de parler. Il entreprit d'expliquer à Wagner ce qui fait un bon criminel. Wagner se sentait flatté d'être le dépositaire privilégié de telles confidences. Tout en conduisant, il tournait la tête de temps en temps pour regarder Friedrich. Son admiration tournait à la fascination.

– Tu vois, il y a trois critères fondamentaux pour réussir une action criminelle de grande ampleur.

– Ah oui, dit bêtement Wagner. C'est quoi ?

– Le premier critère, c'est l'image que l'on donne. Si le flic nous a laissés partir, c'est parce que notre allure est celle de retraités bien tranquilles, assez aisés pour rouler en Mercedes, partant en vacances. Rien qui puisse évoquer de dangereux assassins. Là où j'habite, je me suis créé l'image d'un érudit se consacrant à la recherche. Quoi qu'ils en disent, les flics, mais aussi le grand public, se font une certaine idée des criminels ; il faut qu'ils ressemblent à des malfrats. Le cinéma, les séries télévisées répandent cette image ; dès lors qu'on est bien habillé, qu'on s'exprime bien, on est mieux protégé. C'est injuste, mais c'est comme ça.

Friedrich fit une pause. Il allongeait les jambes, content de lui. Wagner lui demanda quel était le deuxième critère.

– C'est la préparation. Tu auras peut-être du mal à le croire, mais j'ai passé des années à préparer ces opérations. Il faut regarder à la loupe les moindres détails. Ne rien négliger. Prendre en compte le fait que la police est très compétente et très outillée. À part l'histoire de la Biélorussie, qui était ton idée – et une excellente idée je dois dire (et Wagner rougit de plaisir) – j'ai tout pensé. Je sais tout de la députée que j'ai repérée, je suis même allé sur place rôder autour de son lieu de vacances.

Au fur et à mesure que Friedrich parlait, Wagner sentait venir en lui une excitation qui se transmettait jusqu'à son entrejambe, lui causant même un inconfort car il portait un jean assez serré. Il aurait voulu arrêter la voiture, mais il savait qu'il faudrait attendre d'être à Hossegor. Et encore, car il dépendait du bon vouloir de Friedrich.

– Quant au troisième critère, c'est l'insensibilité. Il ne faut pas avoir la moindre empathie. Si j'avais eu pitié de ces trois Biélorusses, c'était fini. Je suis désolé pour eux, c'est certainement très triste, mais il fallait en passer par là. Et, je peux te le dire à toi car tu ressens sans doute la même chose, j'ai pris du plaisir à les voir souffrir.

Wagner n'en revenait pas que Friedrich se soit à ce point laissé aller à lui parler. Il croyait naïvement que cela signifiait qu'il éprouvait des sentiments pour lui. Il ne comprenait pas que Friedrich s'était exprimé pour lui-même et qu'il le laissait totalement indifférent.

En fin d'après-midi, ils firent halte dans une forêt, dînèrent du pique-nique qu'avait préparé Wagner et dormirent comme prévu dans la voiture. Wagner aurait bien voulu qu'ils se rapprochent mais Friedrich lui tourna le dos. Il se sentit rejeté et dormit mal. C'était malgré lui. Il attendait toujours des gestes affectueux, et pourtant il savait que ces gestes ne viendraient jamais.

Le lendemain, ils arrivèrent vers quinze heures à la maison louée par Friedrich. C'était une grande bâtisse, plus moderne que celle de l'Alsace. On y accédait par un chemin entre les dunes. Comme il se doit, elle était isolée. Elle donnait sur la côte sauvage, à l'extrémité de la plage nord. Friedrich l'avait-il fait exprès ? C'était la partie naturiste de la plage.

Les propriétaires les attendaient. Friedrich envoya Wagner à leur rencontre, car il ne voulait pas se montrer. On lui remit les clés et ils s'installèrent. Le soir, ils dînèrent dans la maison, utilisant une partie des provisions que Wagner avait achetées en route.

Maxime Friedrich avait décidé d'éliminer Sylvie Besson. Dès juin dernier, bien avant de faire venir Wagner chez lui, il s'était rendu à l'île de Ré. Il y était allé en voiture, en deux étapes. Il avait dormi à l'hôtel à Tours ; aucun crime n'ayant encore été commis, il n'avait pas besoin de se cacher. À l'île de Ré, il avait roulé jusqu'à Saint-Clément-des-Baleines et logé dans le seul hôtel du village, nommé « Le Chat Botté » en référence au nom du hameau qui était « Le Chabot ». Un hôtel de luxe.

Quelques jours plus tôt, il avait cherché à modifier son apparence, comme le ferait Wagner un peu plus tard. Lui aussi s'était laissé pousser la barbe, et lui qui était blanc de cheveux, il avait mis une perruque de cheveux bruns et légèrement frisés. Il s'était procuré des lentilles de contact qui lui donnaient les yeux bleus. Les personnes qu'il rencontrerait à l'île de Ré seraient amenées à le décrire, et cela donnerait lieu à un portrait-robot qui serait diffusé partout. On ne risquait pas de le reconnaître.

Procéder au meurtre de la députée européenne n'était pas facile. Après les trois meurtres et les lettres à la Présidente, les députés européens seraient très certainement dotés d'une protection policière individuelle. De plus, l'île de Ré était un cul-de-sac. Ce n'était pas pour rien qu'on y avait construit, dès le XIXe siècle, une prison. Même si on parvenait à s'en échapper, il fallait encore atteindre le continent. C'est de là que partirent les cohortes de prisonniers à destination de l'île du Diable en Guyane, dont le célèbre Papillon, ou de la Nouvelle-Calédonie. Les touristes, pour la plupart, ignoraient jusqu'à l'existence de cette maison d'arrêt, dont une partie était logée dans des bâtiments construits par Vauban et inscrits au patrimoine de l'Unesco.

Accéder à l'île de Ré ne devait pas poser de problème, même si un contrôle était effectué au péage du pont, mais comment en sortir une fois le crime commis, quand toutes les polices de France, ou presque, seraient sur place ?

L'idée vint à Friedrich de ne pas être présent sur l'île au moment du meurtre.

La première chose à faire, c'était de s'assurer que Sylvie Besson serait bien à l'île de Ré à la mi-juillet. La députée européenne tenait un blog où elle indiquait, non sans une certaine naïveté, de nombreux détails de sa vie personnelle. Ainsi, elle faisait savoir aux internautes qu'elle serait dans sa maison de Saint-Clément-des-Baleines le deuxième week-end des vacances scolaires. Et elle ajoutait, ce qui était bien imprudent, qu'elle avait pour habitude de dîner en famille dans le restaurant le plus branché d'Ars-en-Ré, le Café du Commerce.

Friedrich décida d'empoisonner la députée au cours de son repas familial dans ce restaurant. Mais il ne voulait pas le faire lui-même.

Le premier jour à l'île de Ré, il entreprit de marcher jusqu'au phare des Baleines en longeant la côte. Cela lui permit de bien mettre ses idées en place. Puis, après une sieste à l'hôtel, il se changea et revêtit un costume-cravate. Il avait décidé de se donner l'image d'un haut fonctionnaire de l'Union européenne. Il se rendit au Café du Commerce, pour y dîner. Il choisit une table un peu isolée, commanda des huîtres et un bar grillé, et un verre du vin blanc local. Quand le serveur, un jeune d'une vingtaine d'années, apporta les huîtres, il lui demanda s'il connaissait Sylvie Besson.

– Bien sûr. Elle vient souvent ici, c'est son restaurant préféré à l'île de Ré. Le plus souvent, sa famille l'accompagne.

– Vous l'aimez bien ? demanda Friedrich.

La réponse fut immédiate.

– Pas du tout. Je ne devrais peut-être pas le dire, mais je la trouve très désagréable. C'est une femme de pouvoir, elle est autoritaire, elle ne manque jamais de se plaindre, du service ou des plats. Le mois dernier, elle est allée râler auprès de mon patron. Tout ça parce que je n'avais pas été assez rapide, ce qui était archi-faux. J'ai été convoqué, j'ai eu un avertissement. Si je pouvais me venger…

– On va s'y mettre tous les deux, répondit Friedrich qui était ravi de la façon dont les choses se présentaient. Je suis directeur général de l'éducation et de la culture à la Commission européenne, continua-t-il. Il donna le nom du vrai directeur ; il avait choisi ce nom parce que la personne, sur la photo du site de l'Union, lui ressemblait vaguement. On ne sait jamais, si le serveur avait l'idée de vérifier.

Le serveur, impressionné, était dans de bonnes dispositions pour ce que Friedrich allait lui demander.

– Je suis d'accord avec vous. Je connais bien Mme Besson, et elle a cette réputation d'arrogance à Bruxelles et à Strasbourg. J'avais envie de lui faire une blague et vous pourriez m'aider. Puis-je vous voir demain matin ?

– Sans problème. Je loge avec d'autres saisonniers dans une maison à Loix. C'est un joli village de l'île de Ré, tout en blancheur, qui ressemble au village d'une île grecque.

Friedrich avait apprécié son repas. Il passa une excellente nuit et, le lendemain, vers dix heures, partit pour Loix. Il trouva facilement la maison et sonna. Le serveur lui ouvrit. Dans ce contexte décontracté, Friedrich fut plus sensible au charme du jeune homme. C'était un blond, mal rasé pour être à la mode, sympathique et décontracté. Sans se montrer trop direct, il posa quelques questions pour savoir si, comme lui, il était homosexuel. Il l'était, en effet, mais il appartenait à une autre génération, celle où être gay était aussi naturel que d'être hétérosexuel. Ce jeune homme était pacsé avec un ami qui habitait, avec lui, à La Rochelle, et avec lequel il se marierait quand il voudrait avoir des enfants. « Le monde a changé, se dit Friedrich, et j'ai sans doute raté quelque chose. »

– Je m'appelle Clément, Clément Dautun, dit le serveur en proposant à Friedrich de s'asseoir. Il avait prévu un café.

Friedrich continua par quelques questions générales, pour mettre le jeune homme à l'aise.

– Vous êtes étudiant ?

– Oui, répondit Clément. Je suis inscrit en socio à l'université de La Rochelle. Je viens de finir ma première année.

– Et le boulot au Café du Commerce, ça marche ?

– C'est super ! L'ambiance est bonne, et comme les clients sont en vacances, ils ont tendance à être généreux pour les pourboires ! Et puis, c'est l'île de Ré ! Génial ! Et vous ?

Friedrich avait prévu son baratin sur la Commission européenne. Le but était d'impressionner Clément, en lui montrant à la fois qu'il était un personnage très important et qu'il n'hésitait pas à sympathiser avec un petit étudiant.

– Comme je vous l'ai dit hier, je voudrais faire une blague à Mme Besson, dit-il avec un grand sourire. Oh ! Rien de bien méchant. J'ai eu un petit différend avec elle, alors, vous comprenez, j'ai envie de me venger… en toute gentillesse ! Voilà : elle sera au Café du Commerce le vendredi 14 juillet vers vingt heures. Il me faut une idée. Quelque chose de pas trop méchant, mais qui marque le coup. Qu'en pensez-vous ?

– J'avoue que j'aimerais bien me venger moi aussi. Ça m'énerve de savoir que des personnes comme Mme Besson, élues par les Français, puissent être désagréables à ce point. Je vais réfléchir. Pouvez-vous repasser demain ?

– Très bien, répondit Friedrich. Et je viendrai dîner dans votre restaurant ce soir.

Le lendemain matin, Friedrich retourna à Loix. Cette fois-ci, Clément avait ajouté des viennoiseries au café. L'ancien prof avait su créer une certaine complicité avec le jeune homme. Clément avait réfléchi. Il était souriant, heureux de ce qui se passait, heureux de son idée.

– Voilà. Il faudrait mettre quelque chose dans sa nourriture. Quelque chose qui la rende un peu malade. Pas trop, bien sûr. Il ne s'agit pas de la tuer ! Juste de quoi marquer le coup !

Friedrich s'amusait comme un fou. Voilà que Clément lui proposait précisément le plan auquel il avait lui-même songé !

– C'est une bonne idée, Clément.

Il fit exprès de l'appeler par son prénom et il décida de le tutoyer.

– Mais cela risque de faire croire que la nourriture du Café du Commerce est mauvaise. Plutôt que de rendre le repas indigeste, je te propose de mettre dans son plat quelques grammes de somnifère. Les doses seront minimes. Elle éprouvera simplement une légère fatigue, qui ne durera pas longtemps.

Friedrich sortit de sa poche une enveloppe, la remit à Clément, qui l'ouvrit. Il y avait des billets. Il les compta. Cinq billets de deux cents euros. Clément regardait cet argent comme s'il n'y croyait pas.

– Une telle somme ! Mais pourquoi, monsieur ?

– Ce n'est pas grand-chose pour moi. J'ai les moyens. Mais je pense que pour un jeune comme toi, qui travaille l'été, ce n'est pas rien. Si tu es d'accord, cet argent est à toi dès maintenant.

Clément était sans voix. Il regardait alternativement Friedrich et les billets. C'était tentant.

– Il y a des conditions, ajouta Friedrich. Je te demande une totale confidentialité. Tu ne dois en parler à personne, même pas à ceux qui te sont les plus proches. Tu dois me donner ta parole. Et puis, ce serait vraiment amusant de mettre un peu de somnifère dans les plats des membres de la famille de Mme Bresson qui seront là !

– Vous êtes sûr que les doses sont faibles ? Elle ne sera pas malade, ni sa famille ?

– Regarde-moi, dit Friedrich, et il retrouvait l'autorité du professeur qu'il avait été. Est-ce que j'ai l'air de plaisanter ? Je suis sérieux. Il ne me viendrait pas à l'idée de faire le moindre mal à une députée européenne ! Crois-moi, c'est juste un jeu.

Il y eut un silence. Clément réfléchissait.

– Je peux en parler, si tu veux, à un autre serveur, reprit Friedrich qui savait que cet argument porterait.

– Non, non, dit Clément. Ça m'intéresse. Vous pouvez me dire de quel somnifère il s'agit ?

– Bien sûr. C'est du Donormyl. C'est en vente libre en pharmacie. Tu vois à quel point c'est inoffensif.

Clément était de moins en moins réticent. Ce que lui proposait Friedrich, c'était une véritable aventure. Il se dit qu'il était en position de négocier.

– Je suis votre homme pour deux mille euros.

Friedrich sourit intérieurement. « Ils sont tous pareils », pensa-t-il.

– C'est d'accord, dit Friedrich. Tu auras les mille euros supplémentaires une fois l'opération effectuée. Mais je veux avoir totalement confiance en toi.

– Et moi en vous.

Ils eurent l'un et l'autre un léger sourire. Le contact était établi. Friedrich comprit que Clément était partant.

– J'ai les doses. Il suffit de les saupoudrer, une par une, sur chaque plat principal. Ça ne se verra pas. Attention : les doses sont juste suffisantes. Qu'il ne te vienne pas à l'idée de les utiliser pour toi ou pour une personne de ton entourage.

Friedrich avait hésité entre le cyanure et la strychnine. Il pouvait se procurer l'un ou l'autre auprès de l'officine de la rue de la Pompe. Finalement, il avait choisi le cyanure de potassium, dont l'action est plus rapide. Il suffit d'une dose d'à peine 200 mg pour tuer un être humain en quelques minutes, par crise cardiaque. Le seul problème avec le cyanure, c'est qu'il peut dégager une légère odeur d'amande amère. Mais Friedrich faisait le pari que, dans l'ambiance joyeuse des vacances, les membres de la famille Besson n'y prêteraient pas attention.

Les conséquences judiciaires, évidemment, risquaient d'être graves pour Clément. Mais, pour Friedrich, c'était le moindre de ses soucis. Il remit six doses à Clément, une pour chaque membre de la famille. Le policier n'était pas concerné.

Friedrich et Clément se quittèrent sur une poignée de main. Friedrich reprit la route pour l'Alsace.

16

Friedrich et Wagner avaient profité de quelques jours de vacances à Hossegor, sans faire grand-chose que se baigner et dormir. Le 14 juillet, à dix heures du matin, Wagner dit à Friedrich qu'il voulait aller se baigner.

– Il fait un temps magnifique, la mer est calme. Tu ne viens pas ?

– Non. Tu reviens quand ?

– À midi et demi au plus tard. Je rentrerai pour préparer le déjeuner.

– Tu n'iras pas batifoler dans les dunes ? Tu sais très bien que sur cette partie de la plage, des hommes mariés quittent leur femme et leurs enfants pour une expérience sexuelle avec d'autres hommes.

– Bien sûr Maxime, je le sais. Mais cela ne m'intéresse pas. Je suis fidèle.

– Je l'espère bien.

Wagner ne fut de retour qu'à treize heures, et Friedrich avait dû se faire un sandwich, ce qui l'avait mis de très mauvaise humeur.

– Pourquoi es-tu resté si longtemps, demanda Friedrich.

– Pour rien. J'ai dû m'endormir, répondit Wagner, déjà inquiet. Je me suis baigné et je me suis allongé au soleil.

– Tu n'as pas eu l'idée de me tromper ?

– Bien sûr que non, répondit Wagner, la voix tremblante. J'avais promis.

– Tu veux me faire croire que, seul pendant toute une matinée, tu n'as pas profité de l'offre des dunes ?

– Non, Maxime. Je n'ai rien fait, je te le promets.

– Je ne te crois pas, répondit Friedrich, et son expression montrait qu'il ne plaisantait pas. Je te demande de me dire la vérité.

– Mais c'est la vérité, tenta Wagner.

Il reçut une gifle violente. Son nez saigna ; il se mit à pleurer.

– Arrête de mentir. Je te connais, je sais que tu m'as trompé. Avoue-le, de manière que je puisse te punir.

L'idée d'être puni par Friedrich tentait Wagner mais lui faisait peur aussi. Finalement, il avoua.

Friedrich l'emmena dans sa chambre, l'obligea à se déshabiller et à se coucher sur le ventre. Il attacha ses poignets aux montants du lit. Il avait une sorte de badine souple qu'il avait apportée d'Alsace. Il commença à lui donner des coups vigoureux sur les fesses. Wagner cria. Des zébrures rouges apparurent. Après une dizaine de coups, Friedrich s'arrêta.

– Te voilà puni, dit-il. Mais ce n'est pas fini.

Il détacha Wagner et s'allongea sur le dos à ses côtés.

– Ouvre ma braguette, dit-il à Wagner, et approche ta bouche.

Wagner, pleurant, geignant, fit ce que Friedrich attendait de lui. Quand il eut fini, Friedrich rattacha ses poignets comme il l'avait fait précédemment. Il quitta la pièce en disant à Wagner qu'il reviendrait dans la soirée. Wagner, endolori, ne pouvait s'empêcher de penser qu'il l'avait bien mérité. Il était désormais définitivement maté. Quant à Friedrich, il partit pour la plage, étala sa serviette, se déshabilla et marcha vers les dunes.

17

L'île de Ré était devenue un endroit à la mode avant la construction du pont. Il avait suffi que deux ou trois célébrités s'y installent pour que de nombreux Parisiens découvrent ce coin de terre qui était resté authentique et en tombent amoureux. Pour éviter la construction en front de mer comme en Vendée, les élus locaux avaient interdit les bâtiments de plus d'un étage et imposé le respect du style architectural local. L'île avait beaucoup de charme, surtout dans sa partie nord, moins touristique.

Amira et Swann étaient venus en train. C'était plus rapide qu'en voiture. Il fallait prendre un TGV pour Paris, un autre pour La Rochelle. Là, un bus vous emmenait à tous les villages de l'île. Une fois sur place, on utilisait la bicyclette, la grande spécialité de l'île, tellement populaire qu'il y avait, en été, des embouteillages de vélos ; à la fin de la période scolaire, début juillet, l'île était, à la lettre, envahie. La population était multipliée par dix.

Le bus avait été arrêté par la police à l'entrée du pont, et tous les passagers contrôlés, de façon assez succincte cependant. Arrivés dans la maison qu'ils avaient louée, Amira et Swann s'installèrent. C'était une maison toute blanche, assez luxueuse, avec une piscine. Swann avait voulu faire plaisir à Amira et se donner toutes les chances de la reconquérir. Le premier jour, Amira, épuisée, s'endormit à peine arrivée. Le soir, ils se baignèrent nus dans la piscine, et ils firent l'amour dans le jardin. Amira retrouvait Swann et cela lui faisait plaisir. Mais elle n'avait pas oublié Cédric pour autant.

Dans l'après-midi du 14 juillet, Friedrich pensa fortement au meurtre de Sylvie Besson, qui devait avoir lieu le soir même. Il se doutait que, vers vingt et une heures, les chaînes d'info en feraient leur une. Il était nerveux et particulièrement agressif vis-à-vis de Wagner. Celui-ci, pour le déjeuner, avait préparé une jolie table et mis des bougies pour donner un aspect romantique au repas. Il cherchait à se rattraper après l'incident de la veille. C'était totalement inapproprié, et quand Friedrich vit la table, la première chose qu'il fit fut d'éteindre les bougies.

À Ars-en-Ré, le Café du Commerce se remplissait. Comme tous les soirs d'été, il ferait le plein. Un peu avant vingt heures, Sylvie Besson fit son entrée avec son mari, sa mère, ses trois enfants et le garde du corps. L'ambiance était décontractée. Le policier se sentait à l'aise. Il se disait qu'il allait profiter d'un bon repas.

Une table avait été réservée et ils s'installèrent. La carte associait habilement les fruits de mer et les spécialités américaines, dont l'incontournable hamburger. Le décor évoquait l'univers des pirates et, juste en face, la jonque du Café du Commerce dormait dans les eaux calmes du port, attendant le lendemain pour emmener les touristes en balade en mer.

Clément était tendu. Il craignait que l'opération « somnifères » ne se passe pas aussi bien que l'avait décrite le directeur de la Commission européenne. Il avait demandé à servir la table de Mme Besson et il avait les doses de poudre. Il prit les commandes. Les adultes choisirent des fruits de mer, les jeunes des burgers ou des crêpes, sauf le petit Martin, qui adorait les crevettes. Clément, la main tremblante, saupoudra discrètement les plats avec les poudres qui lui avaient été remises, en pensant aux mille euros qui l'attendaient ; il ignorait qu'il s'agissait de doses massives de cyanure. Il apporta en premier le plat de Mme Besson, puis les autres. La députée européenne commença à manger. Les autres n'étaient pas trop pressés, sauf le petit Martin, impatient de se régaler. Soudain, Sylvie Besson et son fils furent pris de convulsions. Le policier fut le premier à se précipiter, puis le mari, la mère et les deux aînés de la députée, qui n'avaient pas touché à leur nourriture, ce qui leur sauva la vie.

On emmena Mme Besson et son fils dans une arrière-salle où on les allongea. Le policier et la famille pensèrent qu'ils avaient mangé des crevettes qui n'étaient pas fraîches et ne s'inquiétèrent pas outre mesure. Le fait que les muqueuses de la bouche étaient devenues rouges – ce qui est un effet du poison – fut attribué à l'intoxication. Le personnel du restaurant craignait une mauvaise publicité et commit l'erreur de ne pas appeler les secours. Au bout de dix minutes, le cyanure fit son effet ; les deux malades tombèrent dans le coma. Il n'y avait pas de médecins ce soir-là parmi les clients du restaurant et faute d'avoir administré un antidote à temps, Mme Besson et son fils moururent quelques minutes plus tard.

Dans le restaurant, c'était la panique. Des personnes se mirent à hurler. Les clients qui étaient les plus proches de la table des Besson se levèrent et s'approchèrent. Nombreux furent ceux qui quittèrent la salle et se mirent à courir dehors, sans songer à payer leur repas.

Clément observait la scène, tétanisé. Il comprit pourquoi l'inconnu lui avait donné autant d'argent. Il aurait tout le temps pour réaliser à quel point il avait été naïf, et cupide aussi. Il ne se doutait pas encore qu'il avait commis deux crimes, failli en commettre quatre de plus, et qu'il risquait la réclusion à perpétuité.

Le policier s'en voudrait toute sa vie de n'avoir pas su protéger la députée européenne et d'être indirectement responsable de la mort d'un enfant. Pris par l'ambiance conviviale de la famille Besson, il avait manqué de vigilance. Mais qu'aurait-il pu faire ?

Les nombreux téléphones portables activés par le garde du corps et par les clients alertèrent la police et les autorités sanitaires. Trois hélicoptères, un de la gendarmerie, deux de l'hôpital de La Rochelle, firent entendre leurs vrombissements. L'un d'entre eux se posa sur le parking du port. Les deux autres, faute de place, durent aller jusqu'à la Conche des Baleines, la plage la plus proche. Des voitures de police, sirènes hurlantes, arrivèrent en toute hâte. Très vite, les journalistes locaux étaient sur place. BFM affréta à son tour un hélicoptère.

Le ministre de l'Intérieur arriva vers vingt-deux heures, lui aussi en hélico, accompagné du commandant Bouvier. Il fit, très ému, une déclaration à la télévision.

Dans les autres restaurants du coin, de nombreux clients décidaient de ne pas toucher leur plat, de peur qu'il ne soit empoisonné. L'île de Ré virait à la psychose.

BFM fut la première chaîne d'info à donner des images d'Ars-en-Ré. Toute la France était bouleversée par l'événement.

Devant sa télévision, Friedrich exultait. Un sans-faute, à nouveau. Il avait séduit le jeune Clément, et tout avait marché comme il le souhaitait. La mort de l'enfant, c'était plus qu'il n'aurait osé espérer. Wagner, assis à ses côtés, se disait qu'il avait la chance de partager l'existence d'un génie.

Après un bon repas de poisson pris dans le jardin, Amira et Swann étaient rentrés dans le salon. Ils sirotaient un whisky en zappant sur les chaînes d'info. Soudain, Ars-en-Ré apparut. Une députée assassinée ! Le sang d'Amira ne fit qu'un tour. Elle dit à Swann qu'il fallait qu'elle y aille.

– Oui, Amira, je comprends.

Il se doutait qu'Amira irait quoi qu'il dise. Il fit néanmoins une tentative.

– Rien ne dit que ce crime a un lien avec l'affaire de Strasbourg.

– S'agissant d'une députée européenne, c'est plus que probable.

– Et tu n'as pas de voiture, ajouta-t-il comme ultime argument.

– Oui, mais il y a les vélos. Ars est tout près. Je dois y aller. Je suis responsable de ce dossier. Il y a beaucoup d'infos que je peux transmettre.

Swann comprit qu'il ne pourrait pas s'opposer au départ d'Amira. Elle partit, le laissant seul devant la télévision. Une heure plus tard, elle l'appelait sur son portable.

– Le ministre me demande de participer à une réunion à Paris. J'ai une place dans l'hélicoptère. Je ne peux pas me dérober, Swann. Je suis désolée.

– Désolée ? Mais pourquoi n'es-tu pas restée ? Rien ne t'obligeait à te faire connaître. Tu étais en congé.

– Je sais, tu as raison. Mais c'est mon devoir.

Son devoir ? Sa carrière plutôt, pensa Swann. Ce week-end qu'il avait attendu si longtemps et qu'il avait organisé, il était fichu. Il se retrouvait tout seul. Amira n'avait même pas dit quand elle reviendrait – si elle revenait. Il ne pouvait pas s'empêcher de penser que si elle avait été vraiment amoureuse, elle ne se serait pas signalée.

Amira, de son côté, ne voulait pas lâcher l'affaire. Mais elle savait aussi qu'elle allait retrouver Cédric.

18

Les meurtres de l'enfant et de sa mère étaient d'autant plus durs à vivre pour les Français qu'on ignorait qui avait fait ça, et pourquoi. Dans les jours qui suivirent, il y eut des marches blanches à l'île de Ré, à Paris, à Bruxelles. L'événement suscitait un traumatisme terrible à la Commission européenne et une folle angoisse pour la suite. D'autres députés risquaient-ils d'être assassinés ? Qu'allait-il se passer ? À ce stade, et comme les lettres de revendication n'avaient pas été rendues publiques, les Français ne faisaient pas le lien entre les meurtres des Biélorusses et ceux de la députée et de son fils. Mais plusieurs journalistes spécialisés l'avaient suggéré.

De Hossegor, Friedrich rédigea sur son ordinateur un troisième courrier destiné à la présidente de la République :

« Madame la Présidente,

Je vous ai demandé d'annoncer la sortie de la France de l'Union européenne. Vous n'avez pas cru bon m'obéir. Je vous avais promis un crime plus grave encore que le meurtre des Biélorusses. Voilà que Sylvie Besson, députée européenne, et son fils de sept ans ont été assassinés par votre faute. Continuez de faire la morte et d'autres crimes viendront bientôt. »

C'était signé, à nouveau, « François Schmitt ».

Le ton de la lettre témoignait d'un manque de respect pour la Présidente, ce qui était la marque du sentiment de surpuissance qu'éprouvait alors Maxime Friedrich. Il mit la lettre dans une enveloppe adressée, comme les deux précédentes, au service de la correspondance présidentielle. Puis il mit cette enveloppe dans une autre, plus grande, avec comme adresse celle de l'un des voyous de Strasbourg, Julien Farge. Avant de le quitter, il lui avait demandé de poster ses lettres à la gare de Strasbourg. Ainsi, les enquêteurs pourraient croire que les criminels étaient toujours en Alsace. Il se doutait, bien sûr, que cela ne constituait pas une preuve, mais c'était de nature à troubler la police, et c'était déjà ça.

Lors de sa réunion quotidienne, le lendemain des deux meurtres, la présidente de la République était grave. Comme tous les Français, elle était bouleversée qu'un enfant ait absorbé du cyanure et soit mort. Mais elle était en colère aussi. Elle voulait comprendre. Amira Kerfi avait été invitée en tant que responsable locale de l'enquête. Elle était arrivée la veille à Paris, très tard, dans l'hélicoptère du ministre de l'Intérieur. Un chauffeur l'avait emmenée jusque chez Cédric, et elle y avait dormi.

Le matin suivant, elle passait les barrages à l'entrée de l'Élysée et se dirigeait vers l'antichambre du bureau de la Présidente. Elle attendit, un peu inquiète, fatiguée car elle était arrivée chez Cédric à trois heures du matin et elle n'avait presque pas fermé l'œil. Un huissier vint la chercher. Quand elle entra dans le bureau, la Présidente et ses collaborateurs s'installaient autour d'une table. Le commandant divisionnaire Bouvier était là. Amira découvrait pour la première fois le faste républicain. Les tableaux, les miroirs, le mobilier rococo, la vue sur le parc ; il y avait de quoi être intimidée, pas seulement à cause du décor mais aussi parce que ces hauts fonctionnaires la regardaient d'un air hostile, presque méprisant. Surtout Bouvier. C'est le ministre de l'Intérieur qui la présenta. Elle s'était fait le film de la réunion et s'était promis de ne pas flancher, mais elle s'aperçut qu'elle tremblait un peu. La Présidente – qu'Amira voyait pour la première fois – attaqua d'emblée, s'adressant à elle.

– Mais enfin, vous devez bien avoir des pistes ?

– Oui, nous commençons à en avoir, madame la Présidente, répondit Amira. Nous avons repéré la personne qui est allée à Minsk chercher les trois victimes, et nous connaissons son identité ; nous la recherchons activement. Et nous avons des hypothèses. Nous savons qu'il y avait deux hommes pour jeter les corps sur les trottoirs. Deux hommes jeunes. Nous avons également des témoignages sur l'homme qui s'est rendu à l'île de Ré pour convaincre un jeune serveur de saupoudrer les plats de Mme Besson et de sa famille avec du cyanure – car il s'agit bien de cyanure, les médecins de l'hôpital de La Rochelle nous l'ont confirmé.

– Alors, qu'attendez-vous pour l'arrêter, dit la Présidente d'un ton irrité, en se tournant vers le ministre de l'Intérieur avec un regard qui disait « Mais où tu l'as trouvée celle-là ? ».

– Nous avons interrogé les personnes qui l'ont rencontré, reprit Amira en s'efforçant de ne pas se laisser déstabiliser. Les descriptions de ces témoins nous ont permis d'établir un portrait-robot que nous avons diffusé partout en France et en Europe.

Comme elle n'était pas devant les caméras, la Présidente n'hésitait pas à se montrer dure et condescendante. Amira comprit qu'elle avait fait une erreur. On ne tient pas le même discours à la présidente de la République qu'au préfet ou à tout autre interlocuteur. Nathalie Granet était d'autant plus agressive qu'Amira ne pesait rien pour elle.

– Je n'en ai rien à faire des détails de l'enquête, c'est votre business. Je veux comprendre. Je veux des résultats. Tant mieux si vous avez des pistes, c'est bien la moindre des choses. Et vous, commandant (elle s'adressa à Bouvier), vous en êtes où ?

– Nous avons mis en place un dispositif inédit par son ampleur et dont le commandant Amira Kerfi est la responsable en Alsace. Vous l'avez bien compris, madame la Présidente, nous sommes face à une affaire hors norme. La première difficulté, c'est que les tueurs disposent d'une arme redoutable : ils n'ont aucune barrière morale et la souffrance de leurs victimes ne leur importe pas. Au contraire, ils en font un atout dans leur stratégie.

– Ah bon ? Vous pensez que je ne m'en suis pas rendu compte ? Mais il y a les empreintes, l'ADN. Quelle police avons-nous ? s'énerva la Présidente. Et les motifs ?

Bouvier s'apprêtait à prendre la parole, mais Amira le devança, histoire de bien marquer son autorité. Elle prenait le risque d'irriter ce haut responsable imbu de son pouvoir, mais c'était le moment où elle devait s'imposer.

– Il n'est pas certain que les tueurs recherchent vraiment la sortie de la France de l'Union européenne, ou que ce soit là leur seul objectif. Autrement dit, nous pensons que même si vous acceptiez le référendum qu'ils demandent – et nous savons que vous ne le voulez pas – ils risqueraient de continuer leurs crimes. Voyez-vous, madame la Présidente, dans une telle enquête, il est essentiel de comprendre. Les premiers meurtres ont une caractéristique : ils ont été commis avec des aiguilles. Pourquoi des aiguilles ? Il faut absolument apporter une réponse à cette question.

– Et alors, votre réponse, quelle est-elle ? demanda la Présidente, de plus en plus irritée et vaguement inquiète.

– Aucune pour l'instant, il faut bien le reconnaître. Mais c'est la clé de l'affaire et nous trouverons.

Bouvier, qui s'agitait sur son siège, prit la parole avec un soupçon de colère dans la voix.

– La piste des aiguilles a été étudiée à fond, mais elle n'a rien donné. Nous sommes face à une affaire politique ; nous sommes convaincus que la Russie est derrière toute cette histoire.

– La Russie ? Vous en êtes sûr ?

– Nous avons de fortes présomptions, reprit Bouvier. Donnez-moi vingt-quatre heures pour vous apporter les preuves.

– J'aurais bien besoin de ces preuves, commandant. Je suis sceptique. Certes, c'est possible, mais quand les Russes agissent, ils le font avec davantage de discrétion. Imaginez qu'on apprenne qu'ils ont torturé et tué trois jeunes, et tout ça pour forcer la France à quitter l'Union européenne ! Tout finit par se savoir, vous le savez bien.

Il y eut une pause. La Présidente réfléchissait. Elle reprit la parole.

– La France entière est en souffrance. Les gens vivent dans la peur. Jamais nous n'avons ressenti, en période de paix, un traumatisme aussi profond. Et nous sommes là, impuissants, incapables de savoir qui sont les coupables, ni où ils sont. L'opposition a déjà lancé ses scuds, les pays étrangers s'inquiètent et se moquent de nous. Que faut-il faire ?

– Continuer les enquêtes, madame la Présidente, répondit Amira Kerfi. Je vous l'ai dit, nous trouverons. Nous en sommes certains.

– Encore faut-il être sur la bonne piste, intervint Bouvier.

La Présidente fit signe à Amira de quitter la pièce. Quand elle fut sortie, elle se tourna vers Grandmaurin.

– Qu'est-ce qu'elle vaut, cette fille ? Elle fait le poids ?

– Il semble que oui, lui répondit le ministre de l'Intérieur en regardant Bouvier. Mais rassurez-vous, madame la Présidente, elle est super surveillée.

– J'espère bien.

La Présidente fit alors entrer plusieurs enquêteurs de l'équipe du commandant Bouvier qui attendaient dans l'antichambre. Ils expliquèrent comment ils menaient leurs investigations, et le dispositif qu'ils avaient mis en place, mais ils furent incapables d'annoncer quelque avancée que ce soit. Quand la Présidente leur demanda quelle collaboration ils avaient avec la brigade de Strasbourg, ils se montrèrent méprisants pour ce petit groupe provincial.

Amira se retrouva très vite dans la rue, dans ce quartier avec trois policiers armés à chaque coin d'immeuble. Elle était mécontente de sa prestation mais elle se disait qu'elle n'aurait pas pu faire mieux. Il fallait bien que la Présidente passe ses nerfs sur quelqu'un. Elle avait même plutôt bien résisté. Elle s'était fait un ennemi du commandant Bouvier, mais il fallait en passer par là. Elle prit un taxi pour la gare de l'Est et monta dans son TGV pour Strasbourg. Elle était heureuse de rentrer chez elle ; Swann lui avait dit qu'il serait revenu de l'île de Ré le soir même et elle savait qu'il saurait l'apaiser. À peine le train démarrait qu'elle s'endormit.

La Présidente avait programmé une autre réunion, plus politique celle-là, avec sa directrice de cabinet et le ministre de l'Intérieur. Elle congédia Bouvier et ses enquêteurs, et demanda à un huissier de faire entrer le Premier ministre et plusieurs députés et ministres en qui elle avait, autant que possible, une confiance totale. Sa directrice de communication et sa secrétaire générale étaient là aussi. Nathalie Granet prit la parole.

– Voilà où nous en sommes. Des crimes odieux ont eu lieu, d'autres sont sans doute prévus. Malgré un dispositif inédit par son ampleur, nous n'avons toujours aucun résultat. L'opposition a commencé à se manifester et elle ne va pas tarder à se déchaîner. Que faire ?

C'est le Premier ministre qui répondit.

– Ce que tu aurais dû faire depuis le début, Nathalie. Annoncer un référendum sur l'appartenance de la France à l'Europe. C'est ce que veut le tueur.

– Il n'en est pas question, répondit la Présidente, irritée. On ne peut pas céder à ce type de chantage. La France est l'un des pays fondateurs de l'Union européenne, il est inimaginable qu'un simple individu puisse nous pousser à la quitter. C'est inutile d'insister sur ce point. Je ne changerai pas d'avis.

Plusieurs des participants à la réunion étaient, au fond, d'accord avec le Premier ministre. Mais ils se gardèrent bien de le dire.

La Présidente détestait son Premier ministre. Complice de tous ses combats, Marc Guyot l'avait accompagnée dans son ascension et elle n'avait pu faire autrement que de nommer ce pilier du Parti socialiste Premier ministre. Mais elle savait qu'il rêvait de prendre sa place. Les meurtres à l'aiguille lui donnaient une occasion rêvée. Si la cote de popularité de la Présidente était au plus bas, celle de Guyot se maintenait à un bon niveau, car il n'était pas touché par l'affaire. Nathalie Granet ne pouvait pas compter sur lui et elle le savait.

Guyot avait cinquante-sept ans. Il n'était pas particulièrement beau, mais il plaisait aux femmes. C'était un séducteur. Il avait gardé ses cheveux et contrôlé son embonpoint. Divorcé deux fois et père de quatre enfants – deux fois deux – il avait de nombreuses conquêtes, plus ou moins discrètes. C'était un vrai politique, dans le sens où il n'avait aucune conviction. Ce qui l'intéressait, c'était le pouvoir, et il voyait dans la situation actuelle une chance inespérée. Si Granet démissionnait, si elle se faisait débarquer ou même, qui sait, assassiner, il était le mieux placé pour prendre sa place. Il n'y avait personne à droite et seulement des seconds couteaux à gauche. Le moment serait venu pour lui. C'est pourquoi il se gardait bien d'intervenir publiquement sur les meurtres à l'aiguille, prenant soin de laisser la Présidente en première ligne. Il fallait ménager l'avenir.

Il y eut une pause après l'intervention de Guyot. Anne-Marie Pelletier, députée de la Charente-Maritime, se lança :

– Il me semble, madame la Présidente, que vous devriez avant tout montrer votre compassion. Vous êtes, d'une certaine manière, la mère de la nation. Il faut que votre voix s'élève pour montrer que la France entière est bouleversée.

La Présidente n'avait pas l'image d'une personne sensible, mais cela ne voulait pas dire qu'elle était dépourvue d'émotion. Elle dit :

– Vous avez raison, Anne-Marie. Je vais organiser une cérémonie de deuil en faveur de Mme Besson et de son fils. Nous y associerons les trois Biélorusses. Cette cérémonie aura lieu dans la cour des Invalides. J'y inviterai les chefs d'État des pays de l'Union européenne, ainsi que le président biélorusse. Chacun doit comprendre que de telles actions pourraient se produire n'importe où.

– C'est risqué, dit la directrice de communication. Il suffirait qu'un nouveau crime ait lieu juste avant la cérémonie pour que vous soyez obligée de tout annuler. Par ailleurs, le cadre des Invalides convient surtout aux cérémonies concernant les militaires ou les grands serviteurs de l'État. Je me permets de vous conseiller une manifestation plus simple, qui donnerait de vous une image plus proche du peuple. Peut-être une intervention sur les lieux mêmes des crimes, à Ars-en-Ré.

– Je vais y réfléchir. Prenez d'urgence contact avec les autorités locales, le préfet, les élus.

Chacun se rendait compte que tout était infiniment compliqué. Le Premier ministre prit à nouveau la parole.

– Je pense comme Deborah qu'il faut une cérémonie sobre et touchante, tout en simplicité. Mais il faut aussi des réponses, car le peuple les attend. Il a besoin d'être rassuré et d'être sûr que les coupables vont bientôt être arrêtés. L'opposition – je veux dire toutes les oppositions – va monter au créneau ; elle a déjà commencé. Vous avez entendu comme moi le président du Parti d'extrême droite ce matin à France Inter, mais il n'est pas le seul. Que feraient-ils à notre place ? Il me semble, pour accompagner l'effort de la police, qu'il faudrait engager une chasse à l'homme généralisée.

– Que veux-tu dire, Marc ?

– Il faudrait demander aux Français de nous signaler toute personne ressemblant au portrait-robot, ou simplement étant suspectée.

Cette proposition créa un remous.

– Ce serait une forme de délation, dit l'un des ministres.

La Présidente haussa le ton.

– Certes, mais les circonstances nous obligent à des mesures hors norme. Cette fois, je suis d'accord avec la proposition de Marc. Elle a l'avantage d'associer directement les Français, et donc de couper l'herbe sous le pied des leaders politiques de l'opposition, tout au moins dans une certaine mesure. Le problème, c'est que je ne peux pas en faire état moi-même. Ce n'est pas le rôle de la Présidente. Je demande au ministre de l'Intérieur de s'en charger. Quant à moi, je prendrai la parole ce soir ou demain au 20 heures de TF1. Les Français ont besoin d'explications, et je tiens à les informer le plus clairement possible.

Le plan d'actions avait été défini. Chacun repartait avec la terrible inquiétude d'apprendre, dans les heures ou les jours qui suivaient, qu'un ou plusieurs crimes supplémentaires avaient été commis.

DEUXIÈME PARTIE

19

La proposition de Guyot qui consistait à demander aux Français de faire preuve de délation eut des résultats inespérés. Le ministère de l'Intérieur avait mis en place un numéro vert et une adresse e-mail. Ce furent des centaines de messages, peut-être des milliers, qui parvinrent au QG de l'Élysée. Ils étaient trop nombreux pour pouvoir être tous vérifiés, et d'ailleurs cela n'aurait pas servi à grand-chose. La plupart des envois visaient des voisins ou des membres de la famille avec lesquels on avait des comptes à régler.

À Hossegor, Friedrich et Wagner savouraient ce qui ressemblait beaucoup à des vacances. Les chaînes d'info leur procuraient un plaisir sans cesse renouvelé. Le moment était venu d'un nouvel attentat. Profitant des bonnes dispositions dans lesquelles était Friedrich, Wagner se hasarda à lui demander ce qu'il comptait faire maintenant.

– Je t'annonce que mon prochain plan, c'est de détruire le château de Chenonceau.

Wagner mit quelques secondes à absorber cette nouvelle. Détruire le château de Chenonceau ? S'il s'attendait à ça ! Maxime lui aurait dit qu'il allait épouser la reine d'Angleterre qu'il n'aurait pas été plus surpris. C'était vraiment la dernière chose à laquelle il aurait pensé ! Il posa une question qui énerva Friedrich :

– Mais pourquoi ?

– Je t'ai déjà fait comprendre, mon cher Charles, que mon objectif était de frapper fort et de faire le plus de mal possible. Mon but est d'amener l'État à une telle panique qu'il s'écroulera de lui-même. Il faut donc des actions violentes et spectaculaires. Cette fois-ci, je veux associer au crime la destruction du patrimoine.

L'architecture du château de Chenonceau est unique au monde ; il est le seul, en effet, à être construit directement sur un pont au-dessus d'une rivière. C'est ce qui lui donne cette silhouette originale et si prodigieusement élégante. C'est l'un des plus beaux exemples de la première Renaissance. Il eut de nombreux propriétaires, dont, au début du XVIe siècle, des rois et reines de France. Aujourd'hui, le château de Chenonceau attire près d'un million de visiteurs, pour qui l'offre est très variée. Outre le château lui-même, le public peut voir les somptueux jardins, le potager de fleurs, le musée des attelages et le musée de cires, le labyrinthe et bien d'autres attractions qui incitent les visiteurs à passer le plus de temps possible dans le domaine.

C'est la notoriété mondiale du château qui avait amené Friedrich à jeter son dévolu sur Chenonceau pour une action d'éclat. Il savait que sa destruction allait constituer un événement international, comme l'avait été l'incendie de Notre-Dame de Paris. Et en plus, il y aurait des morts. Mais il y avait une autre raison qui avait motivé son choix : on pouvait atteindre le château par la rivière, et donc, en agissant de nuit, éviter de se faire repérer par les vigiles.

– Est-ce que je viendrai avec toi ? demanda timidement Wagner.

– Non seulement tu viendras, mais c'est toi qui mèneras l'opération. Je sais que je peux te faire confiance, et tu t'en tireras très bien.

Wagner n'en revenait pas. Friedrich lui confiait une tâche aussi importante ! Il se sentait flatté, mais en même temps il se disait que c'était peut-être parce que la mission était particulièrement dangereuse que Friedrich préférait la déléguer. Et ça lui faisait peur.

– Voilà comment les choses vont se passer. Dès demain nous partirons pour Chenonceau. J'ai déjà longuement repéré les lieux. Nous garerons la voiture à environ un kilomètre en amont du Cher, la rivière sur laquelle le château est construit, sur une partie de la rive totalement sauvage. Nous utiliserons un dinghy gonflable.

– Un dinghy ? C'est quoi ça, demanda Wagner.

– C'est une petite embarcation à rames. Je m'en suis procuré un, avec son gonfleur. La police cherchera sans doute à savoir où ce dinghy a été acheté, et par qui. C'est pourquoi je me le suis procuré il y a déjà plusieurs mois, à Sarrebruck en Allemagne, évidemment sous un faux nom. Il est peu probable que les flics aient accès à cet achat, et quand bien même cela se produirait, ils ne parviendront pas à retrouver ma trace. Nous mettrons le dinghy dans le coffre de la voiture et nous le gonflerons sur place.

Nous agirons en pleine nuit, vers deux heures du matin. J'ai vérifié, il n'y aura pas de lune cette nuit-là. Tu descendras le Cher et tu fixeras un pain de plastic avec son détonateur à minuteur sous l'une des arches du pont. À dix heures trente, le plastic explosera. Le château sera partiellement détruit et de nombreuses personnes seront tuées.

Wagner essayait de visualiser l'opération et de réfléchir à toutes les questions qu'il devait poser. Une fois de plus, il trouvait Friedrich terriblement ingénieux.

– Et après avoir posé le plastic, qu'est-ce que je fais ?

– Tu rames dans le sens contraire, à contre-courant, et tu reviens à l'emplacement de la voiture, où je t'attendrai. Il fera encore nuit. Nous partirons alors. Tu sais utiliser des rames ?

– Euh, oui. Je crois.

– Nous nous exercerons cet après-midi. Nous irons en voiture au lac de Hossegor, où il n'y a pas de vagues.

Wagner n'en avait pas fini avec ses questions.

– Tu as le plastic ?

– Qu'est-ce que tu crois ? Bien sûr. Et le détonateur. J'ai aussi la pâte qui te permettra de coller le pain de plastic contre la pierre du pont. Il se trouve que le château n'est pas éclairé la nuit. Nous prendrons soin de couvrir le dinghy d'une bâche noire qui le rendra indétectable. Toi-même, tu porteras la tenue noire d'un de nos voyous de Strasbourg. Il faudra ramer sans faire de bruit.

– Où exactement devrai-je coller le pain de plastic ?

– C'est quelque chose à quoi j'ai beaucoup réfléchi. Il y a un risque en effet que le matin, avant l'explosion, une barque navigue sous le pont et que le plastic soit repéré. C'est pourquoi il faudra le coller contre l'arche la plus proche de la rive, car les barques qui naviguent sur le Cher passent toujours par les arches centrales. Après, je me suis demandé s'il fallait choisir l'arche la plus proche de la rive gauche ou la plus proche de la rive droite. Qu'en penses-tu ?

Wagner était bien incapable de répondre, et Friedrich le savait.

– Regarde les images du château. Si l'explosion a lieu du côté rive droite, le logis royal va s'effondrer, avec toutes les richesses artistiques qu'il contient. Si c'est de l'autre côté, ce sera seulement la partie au-dessus du pont, qui ne contient pas d'œuvres d'art, ou très peu. Alors, donne-moi ton idée.

– Il vaut mieux détruire le logis royal, affirma Wagner. Ça fera plus de dégâts.

Il avait répondu en fonction de ce que, à son avis, pensait Friedrich. Mais il se trompait.

– Je veux faire une action spectaculaire. Je veux tuer des gens. Mais je ne veux pas détruire irrémédiablement un chef-d'œuvre de la Renaissance, rempli de tableaux de maîtres et de meubles d'époque. Ne serait-ce que pour la mémoire d'Éric.

– Éric, le jeune homme de Metz ?

– Oui, ce garçon que j'ai aimé quand j'étais à la fac, mon grand amour.

Et, regardant Wagner les yeux dans les yeux, il dit :

– Rien à voir avec ce que nous avons vécu.

– Vraiment, Maxime ? J'ai si peu compté ?

– Laisse tomber, Charles. Tu m'emmerdes avec ça. Et laisse-moi te parler d'Éric. Tu sais qu'il est mort du sida. Il faisait des études d'histoire. Ensemble, on a visité des musées, des monuments. Il aimait citer une anecdote : si le Louvre était en flammes et s'il fallait choisir entre sauver un enfant ou sauver la Joconde, qu'est-ce que je choisirais ? Pour lui comme pour tout le monde, ce serait l'enfant ; pas pour moi. Des enfants, il y en a des millions, des milliards même. Mais il n'y a qu'une Joconde. C'est pourquoi tu mettras le plastic côté rive gauche.

– Mais, à dix heures trente, il n'est pas sûr qu'il y ait déjà beaucoup de visiteurs à l'extrémité de la galerie.

Pour une fois, Wagner avait fait une réflexion intelligente. Mais Friedrich avait réponse à tout.

– Bonne remarque. Mais il se trouve que le château de Chenonceau présente actuellement une exposition sur le Primatice. Ce touche-à-tout de génie, à la fois peintre, sculpteur, architecte et concepteur de fêtes, a beaucoup travaillé pour François 1er et Henri II. Le château, qui possède de lui un portrait de Diane de Poitiers en Diane chasseresse, a réuni une dizaine d'œuvres du maître. Parallèlement, il organise un colloque intitulé, non sans provocation, « Le Primatice, artiste italien ou artiste français ? ». Le colloque se tiendra ce samedi à partir de dix heures, dans la partie sud de la galerie. Ainsi, quand l'explosion surviendra, ce sont des conservateurs de grands musées européens et américains qui sauteront.

– Mais si tu veux préserver le patrimoine, dit Wagner, cela ne t'ennuie pas de supprimer des spécialistes de l'histoire de l'art ?

– Au contraire. Personne n'est irremplaçable. Et cela laissera de la place à des jeunes. Et puis, l'attentat aura encore plus d'impact que s'il avait visé des anonymes.

Cette réflexion laissa Wagner dubitatif, mais il ne dit rien. Il avait compris ce que serait sa tâche. Il était prêt à l'accepter, ne serait-ce que pour faire plaisir à Friedrich et gagner ses faveurs, mais il avait peur de ne pas réussir.

20

Ils passèrent l'après-midi sur l'une des plages du lac à faire des essais avec le dinghy. Wagner ne s'en tirait pas trop mal. Friedrich pensa qu'il devait être capable de ramer jusqu'au château et d'en revenir. Ce n'était pas bien difficile.

Ils partirent. Ils arrivèrent vers minuit au bord du Cher, au bout d'un chemin de terre qui longeait un champ et atteignait la rivière. Ils distinguèrent dans les phares un ponton et deux barques à fond plat amarrées, des gabarres selon le modèle local. Il fallait attendre deux heures du matin. Ils mangèrent les sandwichs que Wagner avait préparés et s'allongèrent sur les sièges baissés de la Mercedes en attendant. Puis ils gonflèrent le dinghy et le recouvrirent de la bâche noire. Wagner revêtit la combinaison. On mit le dinghy à l'eau. C'était le moment.

Il faisait nuit noire mais le Cher renvoyait un pâle reflet argenté. Wagner était inquiet. Et s'il ratait l'opération ? Il craignait d'être repéré. Mais il se pliait à la volonté de Friedrich et il se disait que, s'il réussissait, il aurait marqué un grand point dans sa relation avec lui.

Assis dans le petit dinghy, l'unique pagaie à la main, Wagner se laissait porter par le courant. Seul apparaissait dans la distance le château dont la blancheur transperçait la nuit. En d'autres circonstances, il aurait trouvé cela infiniment romantique, mais ce n'était pas le moment d'y penser. Tout se passait bien et il reprenait confiance en lui. Il avait bien compris qu'il fallait se déporter vers la gauche pour passer sous l'arche la plus proche de la rive. Arrivé sous le pont, il se mit en demeure d'arrêter le dinghy contre la paroi pour coller le pain de plastic ; mais il n'y arrivait pas. Il essaya avec la pagaie. Friedrich ne lui avait pas expliqué comment il fallait faire pour éviter que le dinghy ne poursuive sa course. Bientôt l'embarcation se trouva de l'autre côté de l'arche, emportée par le courant. Wagner se mit à ramer à contre-courant pour ramener le dinghy sous l'arche. Il suait à grosses gouttes, il était dépassé par les événements, il avait une peur bleue de rater l'opération. La nuit, l'impératif de ne pas faire de bruit, l'angoisse de se faire repérer et son inexpérience se conjuguaient pour faire naître en lui une véritable panique. Enfin il se trouva sous l'arche, mais dans l'autre sens. Cette fois, il réussit à immobiliser le dinghy. Il fallait maintenant coller la pâte adhésive contre la paroi. Et agir vite car le dinghy risquait de repartir. Il dut se mettre debout, les jambes écartées pour se donner un minimum de stabilité. Le dinghy tanguait, Wagner avait peur d'être projeté dans l'eau ou de laisser tomber l'adhésif. Il parvint néanmoins à le coller ; alors il prit le pain de plastic et le détonateur. Il était terrorisé à l'idée que le plastic tombe à l'eau. Qu'allait penser Friedrich si une telle chose se produisait ? Reprenant ses esprits, il colla le plastic à l'adhésif et brancha le détonateur. Ouf ! Il avait fini. Il se rassit et se mit à ramer pour rejoindre la voiture et Friedrich. Il mit une demi-heure à y parvenir, butant à plusieurs reprises contre la rive. Friedrich l'aida à monter sur le bord et à sortir le dinghy de l'eau. Il lui demanda pourquoi il avait mis tant de temps. Wagner bredouilla une explication. Il était au bord des larmes. Ils dégonflèrent le dinghy, avec l'intention de le jeter dès que possible. Wagner espérait que Friedrich allait le féliciter mais aucun compliment ne vint. « Ce n'est pas le genre de la maison », se consola-t-il.

Le 19 juillet, à neuf heures du matin, ils étaient de retour à Hossegor. En route, ils avaient jeté le dinghy dans un container, après l'avoir mis dans un sac-poubelle. Il serait détruit en même temps que le reste des ordures.

À la maison, ils prirent un café et mangèrent les croissants que Wagner avait sortis du congélateur et réchauffés. Ils attendirent devant BFM TV. Ils étaient nerveux tous les deux.

À Chenonceau, le château avait ouvert à neuf heures trente et déjà les touristes affluaient. Les participants au colloque, une trentaine de personnes, arrivaient et profitaient du café. À dix heures, ils s'assirent autour de la table et le colloque commença. Tout à coup, une énorme explosion se fit entendre.

Le personnel du château, les guides, les jardiniers comprirent tout de suite qu'il s'agissait d'un attentat. Ils appelèrent les secours et firent évacuer le domaine. Dix voitures de pompiers, venues des communes environnantes et de Tours, roulèrent dans le parc jusqu'au lieu de l'explosion. C'était un carnage.

Des ambulances, des voitures de police, des hélicoptères arrivèrent. La galerie à deux étages au-dessus du pont s'était entièrement effondrée, et elle était en flammes. Il y avait des corps partout, des gens qui avaient été tués par le souffle de l'explosion ou par des chutes de pierres, et de nombreux blessés dont certains hurlaient de douleur. Certaines personnes étaient tombées dans la rivière et, blessées, n'avaient pas pu nager et s'étaient noyées.

C'était une vision d'horreur, en contraste total avec l'impression d'harmonie et de douceur qu'offrait le château avant l'explosion.

Les chaînes d'info relayèrent très vite l'information. Le décompte fut fait rapidement : quatorze morts et trente-trois blessés, dont dix gravement. Il y avait une majorité d'étrangers. Des Américains, des Anglais, des Italiens, des Russes, la plupart étaient des spécialistes de la Renaissance reconnus au niveau international. Avant même la fin de la matinée, les images tournaient en boucle sur les télévisions du monde entier. Friedrich et Wagner, bien au calme dans leur belle maison du bord de mer, étaient parmi les rares personnes au monde à savourer ces images avec délectation. Il y avait plus de morts que prévu.

Wagner ne cessait de se tourner vers Friedrich, attendant un signe de remerciement ou de félicitation, mais rien ne venait. Cela énervait Friedrich ; il en avait assez de Wagner. Il appréciait de moins en moins leurs jeux sexuels ; il trouvait Wagner trop soumis, et il supportait mal cette admiration permanente qu'il lui témoignait. Et puis, Wagner ne lui servait pas à grand-chose. Certes, il avait posé la bombe à Chenonceau, mais Friedrich aurait pu le faire lui-même. Enfin, et c'était là le plus gros problème, en allant en toute transparence à Minsk, Wagner avait semé son ADN et ses empreintes digitales un peu partout, et son portrait circulait désormais dans l'Europe entière. Au moindre contrôle routier, il serait repéré et Friedrich se ferait prendre. Il fallait s'en débarrasser, et vite.

21

Trois jours après l'attentat de Chenonceau, un nouveau courrier parvint au service de la correspondance de l'Élysée. Le cachet de la poste montrait que la lettre, une fois de plus, avait été postée de Strasbourg.

« Madame la Présidente,

J'ai l'impression que vous aimez les morts, puisque vous ne faites rien pour les empêcher. »

C'était signé, comme les trois lettres précédentes, « François Schmitt ».

Une lettre qui ne disait rien mais dont le style était encore plus familier que celles d'avant. Le ou les tueurs se moquaient ouvertement de la Présidente. Ils étaient terriblement sûrs d'eux.

Pour la réunion de crise, la présidente de la République choisit de n'associer que peu de personnes. Le Premier ministre était là, de même que les participants de la première heure et la directrice de la communication. La première question qui se posa, c'était comment la Présidente pouvait manifester sa compassion.

Elle avait parlé au 20 heures de TF1, mais, malheureusement, la veille de l'attentat de Chenonceau. Sa crédibilité était entamée. L'opposition se raillait d'un gouvernement incapable de retrouver des assassins qui le narguaient. Pour la Présidente, la difficulté était qu'elle dépendait totalement des forces de police. Et les morts créaient un affolement général qui avait amené de nombreux organisateurs d'événements à annuler leurs prestations. La police était partout et les cabinets de recrutement de personnel de gardiennage n'avaient jamais fait de meilleures affaires. On se disait que les tueurs pouvaient frapper à tout moment et n'importe où. C'est exactement l'effet qu'avait souhaité Friedrich.

– J'ai bien réfléchi, dit la Présidente qui parut tendue et fatiguée. Il y aura deux moments de recueillement, le même jour : un à l'île de Ré, et ensuite un à Chenonceau.

– Il va falloir inviter et associer les proches, tout au moins ceux qui accepteront de venir, dit la directrice de communication. Et les ambassadeurs concernés par les morts et les blessés étrangers de Chenonceau. Et la Commission européenne. Sans oublier les autorités biélorusses qui, soit dit en passant, se posent des questions. Et espérons qu'un nouvel attentat n'arrivera pas ce jour-là.

La présidente de la République sentait qu'elle perdait la main. Sa police n'arrivait pas à arrêter les coupables, elle n'avait plus la maîtrise de sa communication, et ses plus proches collaborateurs, sans rien lui en dire, trouvaient qu'elle manquait de réactivité. Chacun comprenait que ce que le peuple attendait, c'était des réponses. La compassion ne suffisait pas.

À Hossegor, l'après-midi suivant l'attentat de Chenonceau, Friedrich suggéra à Wagner d'aller se baigner. Il y avait beaucoup de monde sur la plage, Friedrich et Wagner se déshabillèrent et s'assirent sur leur serviette. Soudain, Friedrich fit une proposition à Wagner :

– Et si nous nagions ensemble ?

Wagner regarda Friedrich comme il aurait regardé une statue du Christ dans une église. C'était précisément ce genre d'admiration que détestait Friedrich.

– Tu vois, nous pourrions nager côte à côte et essayer d'aller le plus loin possible. Regarde comme la mer est calme. Tu nages bien, non ?

En vérité, ni l'un ni l'autre n'étaient d'excellents nageurs, ils n'étaient plus très jeunes et guère entraînés, mais l'objectif n'était pas de faire une compétition. Ils se levèrent et marchèrent vers la mer, franchirent la barrière des vagues et se mirent à nager. Wagner éprouvait un grand plaisir à ce qu'il pensait être une complicité. Il se sentait en parfaite égalité avec Friedrich. Ils avançaient à leur rythme, silencieusement. Friedrich avait décidé de noyer Wagner, mais il fallait se trouver suffisamment loin pour que les vacanciers ne voient pas le crime se commettre. Après dix minutes de nage, Friedrich se retourna. Les gens sur la plage étaient à peine visibles. Alors, brutalement, comptant sur l'effet de surprise, il se jeta sur Wagner et lui enfonça la tête dans l'eau. Il savait qu'une personne menacée de mort voit ses forces décupler, et en effet Wagner se débattait ; la vie s'accrochait désespérément. De loin, les vacanciers voyaient des remous et pensaient qu'il s'agissait d'un jeu entre deux amis. Personne ne donna l'alerte. Friedrich pesa de tout son poids sur le corps de Wagner, qui perdit conscience. Wagner s'agita encore quelques minutes sous l'eau, mais c'était déjà un cadavre et Friedrich se dit qu'il était finalement bien facile de tuer quelqu'un.

Le corps de Wagner s'enfonça lentement et Friedrich nagea vers le bord. Personne ne fut étonné de le voir revenir seul. Il y avait trop de monde sur la plage pour qu'on fasse attention à une personne en particulier. Friedrich reprit les serviettes, revint vers la maison, but un whisky. Il n'éprouvait aucune émotion. Il avait brillamment réussi la première partie de son plan. Les meurtres des Biélorusses (une idée géniale de Wagner !) la députée et son fils, le château de Chenonceau… Une panique générale avait envahi la France, mais ce n'était que le début. Se doutant que le corps de Wagner serait retrouvé, et qu'une enquête mènerait les policiers jusqu'à la maison de Hossegor, il décida de partir rapidement et de retourner à sa maison d'Alsace. Tout allait bien. La police avait repéré Wagner, pas lui.

Il nettoya la maison de Hossegor en prenant soin de ne pas laisser d'indices puis, comme il en avait été convenu avec les propriétaires, fit glisser la clé dans la boîte aux lettres. Alors il prit la route. Il fit une halte et dormit dans sa voiture. Le lendemain soir, il était chez lui. Il n'avait pas été contrôlé. Il passa les deux jours suivants à mettre au point le plan qui devait l'amener à intensifier son action.

Sur la plage de Hossegor, une petite fille courait vers sa mère en lui disant : « Maman, il y a un monsieur tout nu allongé dans les vagues, il ne bouge pas. » La mère prit la main de sa fille et se dirigea vers la silhouette de l'homme ; il était étendu là où les vagues rejoignent le sable. La femme appela la police, le corps fut enlevé et emmené à l'institut médico-légal le plus proche. L'autopsie montra que l'individu s'était noyé, mais des traces de lutte furent décelées sur son corps ; ce n'était ni un accident, ni un suicide ; c'était bien un crime. Son ADN fut comparé au fichier d'Interpol. Wagner y figurait car, lors de son malaise à Minsk, un échantillon de son sang avait été prélevé pour être analysé et avait été conservé. C'était donc bien lui. La police tenait enfin un suspect. Mais que faisait-il là ? Et qui l'avait tué ? Une nouvelle enquête commençait.

22

À l'île de Ré, Swann était seul. Il attendait Amira, mais il se doutait bien qu'elle ne reviendrait pas. Il se baignait, il faisait du vélo. Il déprimait. Amira lui manquait terriblement et il avait l'impression, encore vague, que leur histoire était finie. Il ne la soupçonnait pas de le tromper, cette pensée ne lui venait pas à l'esprit. Il ne comprenait pas ce qui se passait. La nuit, il ne parvint pas à dormir. Il ne cessait de se dire qu'il se faisait des illusions, que tout était comme avant, que c'était simplement cette affaire qui mobilisait trop Amira. Et en même temps, il avait peur ; il ne pourrait pas vivre sans elle.

Tout comme Swann, mais dans un contexte bien différent, Maxime Friedrich, revenu en Alsace, était seul. Assis dans son meilleur fauteuil, un verre de whisky à la main, il faisait le point. Les crimes auxquels il avait tant réfléchi s'étaient déroulés comme il l'avait prévu, et même mieux encore. Et il avait réussi à ne pas se faire prendre, ni même à se faire soupçonner. Il avait créé un climat d'épouvante en France et au-delà. Tuer des jeunes, les faire souffrir, tuer des enfants, c'étaient là d'excellentes recettes pour susciter l'effroi et déstabiliser un pays. Il éprouvait un sentiment d'invincibilité.

Il y avait cependant quelque chose qui n'avait pas marché comme il l'avait prévu : ses crimes n'avaient pas entraîné l'impopularité de la cheffe de l'État. Elle avait, certes, été critiquée par l'opposition politique, mais celle-ci critiquait tout, c'était systématique et c'était dans l'ordre des choses. Et aussi par l'opinion, mais la situation s'était retournée car les Français avaient été touchés par ses interventions publiques, notamment celle à Ars-en-Ré où elle avait pleuré. Sa cote de popularité avait gagné cinq points, ce qui ne plaisait pas du tout à Friedrich et lui rendait Mme Granet plus haïssable encore.

Alors, il était temps de passer à la phase deux. Il y avait réfléchi pendant des mois. Il allait s'attaquer à la famille de la cheffe de l'État.

23

Il n'y avait pas eu, en France, depuis des années, une enquête d'une telle ampleur. Deux cellules se partageaient les investigations : celle de Strasbourg, pilotée par Amira Kerfi, et celle de Paris, située au cœur même de l'Élysée, en lien étroit avec le ministère de l'Intérieur. À cela s'ajoutait Interpol, mobilisée à fond. La recherche, dans toute l'Europe, des structures et partis politiques qui voulaient soit l'élimination de la Présidente, soit la dissolution de l'Union européenne, n'avait pas mené à la découverte d'un complot organisé. La piste de Charles Wagner était la plus prometteuse. Amira Kerfi et plusieurs de ses collaborateurs avaient fait le voyage à Hossegor, de même que plusieurs représentants de la cellule parisienne. Ils s'étaient appuyés sur les forces de police de la ville pour savoir si les tueurs avaient pu collaborer avec la pègre locale. L'enquête prendrait du temps. En outre, ils avaient cherché à retrouver des vacanciers qui auraient pu repérer Wagner et, avec lui, son éventuel complice ; et, en effet, ils obtinrent des témoignages, assez vagues mais exploitables. Certains témoins avaient vu deux personnes d'une soixantaine d'années, assises sur le sable, allant se baigner ou, au bord du lac, s'amusant avec une petite embarcation gonflable. Mais personne n'avait remarqué la noyade. Les enquêteurs retrouvèrent les propriétaires de la maison qui avait été louée au nom de Charles Wagner, mais ceux-ci affirmèrent qu'il n'y avait eu qu'une personne, un homme qui leur avait dit qu'il serait rejoint par sa famille. Sur la photo qu'on leur montra, ils reconnurent Wagner. La maison fut entièrement fouillée, après que ses nouveaux occupants furent priés d'en partir. La fouille dura trois jours. Parmi les très nombreuses traces d'ADN laissées par les vacanciers qui se succèdent dans ces locations d'été, on retrouva celles de Wagner mais il ne fut pas possible d'en isoler une autre qui aurait pu être celle de son complice.

Quand elle fit le point avec son équipe et le capitaine Geiss, au retour de Hossegor, Amira réitéra son analyse.

– Je continue de penser que toute l'action est menée par un cerveau particulièrement brillant et déterminé, et que c'est cet homme qui a noyé Wagner, devenu gênant. C'est cet homme aussi qui était allé à l'île de Ré pour préparer le meurtre de Sylvie Besson.

Mourad intervint :

– Mais quels peuvent être les motifs ? Si la sortie de l'Union européenne n'est pas à l'ordre du jour, qu'est-ce qui pousse le tueur à agir ainsi ?

– Il y a, à mon avis, deux aspects à ces crimes. Le premier, c'est qu'on a affaire à un psychopathe qui cherche à tuer et à faire souffrir simplement pour son plaisir sadique ; c'est pourquoi il est particulièrement dangereux. Et puis, il y a le lien avec la Présidente. Quelque chose – mais quoi ? – explique les meurtres à l'aiguille ; à nous de trouver, et vite.

– Nous sommes en concurrence avec l'équipe de Paris, dit Frédéric Geiss. C'est un peu David contre Goliath.

– Oui, c'est vrai, répondit Amira. Et, je ne vous le cache pas, c'est risqué d'impliquer la Présidente. Les barrages politiques vont fonctionner. Nous verrons bien.

L'obstination d'Amira, sa confiance en elle, sa probité aussi, impressionnaient son équipe et motivaient chacun à faire son maximum. Elle misait gros, car elle était sous le regard de l'Élysée, et elle avait intérêt à retrouver rapidement le ou les tueurs.

24

Dans la nuit qui suivit, le téléphone portable d'Amira sonna vers cinq heures du matin. Un quatrième cadavre venait d'être découvert à proximité de la place Kléber à Strasbourg. Tous les enquêteurs furent réveillés. L'annonce suscita une réaction d'effroi, mais pas de surprise. Chacun s'attendait à ce que les assassins poursuivent leurs crimes.

Les sirènes hurlantes arrivèrent sur place et on installa un périmètre de sécurité. Ce sont les éboueurs qui avaient trouvé la victime. C'était une jeune femme, elle était nue, son corps était moitié sur le trottoir, moitié sur la rue, criblé de piqûres. Amira remarqua tout de suite qu'à cet endroit de la ville, il n'y avait pas de caméras de surveillance. On se demanda comment les journalistes avaient pu être informés si tôt, mais le fait est qu'ils étaient nombreux, appareils de photo et caméras en main. Ce nouveau meurtre à l'aiguille allait faire du bruit.

Il y eut, peu après dans la matinée, la visite à l'institut médico-légal. Amira y alla accompagnée du seul capitaine Geiss. Quand ils entrèrent, le docteur de Vianney avait déjà examiné le corps. Le ou les assassins avaient procédé exactement comme pour les meurtres précédents, avec cependant une différence de taille : la jeune femme avait été tuée *avant* le rituel des aiguilles. Elle avait été étouffée, apparemment avec la main de l'assassin qui lui avait bloqué la bouche et le nez. Ce n'est qu'une fois morte qu'elle avait été piquée, comme si l'assassin avait voulu, cette fois, lui éviter la souffrance. Le docteur de Vianney montra, sur le visage, la marque des ongles du tueur. C'était forcément un homme, quelqu'un de particulièrement costaud, car la femme s'était débattue, on le voyait à des bleus sur la peau.

De retour au commissariat, Amira réunit ses enquêteurs. Que fallait-il conclure ? Soit le crime avait été commis par la même équipe que les précédents, mais pour une raison inconnue on n'avait pas voulu infliger des souffrances à la victime, soit au contraire c'étaient d'autres assassins, qui avaient cherché à faire croire que le meurtre se situait dans la continuité des précédents, pour entraîner la police sur une fausse piste.

Amira expliqua à son groupe qu'elle choisissait la première option. En effet, il y avait de fortes ressemblances entre les trois premiers meurtres et le nouveau. Mais il restait des questions. Le ou les assassins avaient voulu éviter la vidéosurveillance. Pourquoi ? Ils avaient tué leur victime avant de la piquer avec les aiguilles. Pourquoi ? En revanche, le médecin légiste avait trouvé des traces d'hydrométrie dans les cheveux, comme pour les autres, et d'infimes vestiges de tissu, preuve que le meurtre avait été commis au même endroit.

L'enquête allait apporter les réponses. On retravailla la photographie du visage de la victime, on la fit circuler dans tous les commissariats de France et on la transmit à Interpol pour vérifier si la jeune femme assassinée était Biélorusse. Au même moment, un couple faisait une démarche auprès du poste de police du 13e arrondissement de Paris pour signaler la disparition de sa fille. Elle était partie pour Strasbourg et n'était pas rentrée comme elle l'avait prévu ; impossible de la joindre sur son portable. L'homme et la femme s'inquiétaient. L'agent de service leur expliqua qu'une personne adulte était libre de ne pas donner de nouvelles et qu'une plainte n'était pas recevable ; mais on prit quand même leurs coordonnées. Le couple indiqua que leur fille avait vingt-huit ans, qu'elle était avocate. Il donna son nom. Elle s'appelait Louise Beauroi ; c'était l'épouse de Cédric Beauroi. Les parents confirmèrent qu'elle avait pris un train pour retrouver Cédric et avoir avec lui une discussion au sujet de leur couple.

Après la découverte du corps, les parents furent recontactés et ils reconnurent leur fille sur la photo. C'était bien elle qui avait été tuée. Mais pourquoi ? Et surtout par qui ?

Dès qu'elle eut l'information, Amira eut l'impression de recevoir un coup de poing dans l'estomac. Dans l'instant, elle fut persuadée que l'auteur du crime, c'était Cédric. Il lui avait beaucoup parlé de ses problèmes de couple. Il voulait divorcer mais sa femme s'accrochait. Il la détestait. Surtout, il était l'un des rares à savoir précisément comment les meurtres à l'aiguille s'étaient déroulés et à pouvoir s'en inspirer. Mais, pensa Amira, Cédric est un policier aguerri. Il devait bien se douter que sa supercherie était grossière et qu'il se ferait prendre. Et puis, Cédric n'était pas un assassin.

L'enquête fut rapide. Ce soir-là, Cédric et Louise avaient dîné dans un restaurant du centre de Strasbourg et s'étaient séparés vers vingt-trois heures. Ils étaient partis à pied à leurs hôtels respectifs ; celui de Louise était assez éloigné, situé dans un quartier excentré. Le réceptionniste de l'hôtel de Cédric ainsi que le veilleur de nuit confirmèrent que Cédric Beauroi était bien rentré vers vingt-trois heures trente et n'était pas ressorti. En revanche, le personnel de l'hôtel de Louise témoigna qu'ils ne l'avaient pas vue de la nuit et qu'elle n'avait pas occupé sa chambre. Le docteur de Vianney datait la mort de Louise à trois heures du matin. Cédric bénéficiait donc d'un alibi imparable.

Le criminel ne pouvait être que le tueur à l'aiguille. Il avait cherché à atteindre Cédric et à fragiliser l'enquête. À atteindre Amira aussi. Mais comment avait-il pu savoir qui était Louise Beauroi ? Amira ignorait que depuis plusieurs jours, Friedrich l'avait suivie, y compris à Paris. Le soir où elle avait dîné avec Cédric dans le restaurant marocain, il y était également, assis discrètement à une table éloignée. Il avait suivi le couple jusqu'à l'hôtel et il avait pu remarquer que Cédric y avait passé la nuit. Il savait donc que les deux enquêteurs avaient une liaison. Ayant repéré que, quand il était à Strasbourg, Cédric Beauroi avait ses habitudes dans un restaurant proche de la brigade, il y avait dîné plusieurs fois ; il y était quand Louise avait retrouvé Cédric. Il était trop éloigné pour entendre ce que les époux se disaient, mais il avait bien vu qu'il y avait de l'eau dans le gaz. Le reste était facile à comprendre. Il avait suivi Louise alors qu'elle marchait vers son hôtel, s'en était saisi, seul, et l'avait tuée dans la voiture, puis il avait amené le cadavre dans sa maison et l'avait piqué à l'aide des aiguilles, selon le même rituel que pour les Biélorusses. Ensuite, il avait apporté le corps à Strasbourg, en pleine nuit, et l'avait jeté sur un trottoir. Pour éviter d'être reconnu, il avait choisi une rue isolée, dépourvue de vidéosurveillance.

Deux jours plus tard, une lettre, postée de la gare de Strasbourg, arriva à la brigade. Elle était adressée à Amira Kerfi.

« Madame le Commandant,

Et voilà ! Une jeune femme, brillante avocate, est morte par votre faute. Et encore, je ne l'ai pas fait souffrir ! Vous voilà punie de vous être amusée à tromper votre mari, un garçon si gentil ! Faites attention à vous…

François Schmitt »

Pour Amira, c'était un choc terrible. Impossible d'en parler à Swann, ni à quiconque d'ailleurs. Sa relation avec Cédric était restée secrète. Elle décida de détruire la lettre, sans la montrer à personne, même pas à Cédric ; mais le mal était fait. C'était atroce. Elle rejoignit Cédric dans son bureau. Ils commencèrent par pleurer tous les deux. Comme on était loin des promenades à Minsk ou à Paris, des rires, des confidences, des caresses. Elle éprouvait une peine infinie pour cet homme que, peut-être, elle avait aimé. Et puis, désormais, elle craindrait pour sa vie, pour celle de Cédric, pour celle de Swann. Les tueurs n'avaient aucune limite.

25

Nathalie Granet avait grandi à Metz dans une famille de médecins. Son père, Georges Marchal, était généraliste, sa mère, Geneviève, pneumologue. Son grand-père, Léon Marchal, avait introduit la pénicilline dans la région et une salle du CHU de Metz portait son nom. Le frère de Nathalie, Xavier, n'avait rien fait à l'école. « Un bon à rien », disait sa mère, alors que Nathalie était une travailleuse et avait été reçue au bac avec mention Très Bien. Ce n'était pas par vocation qu'elle avait choisi la médecine. Ses parents l'y avaient poussée et Nathalie s'était laissé convaincre. « Pourquoi pas ? » s'était-elle dit. Elle avait réussi le concours d'entrée du premier coup et avait fait d'excellentes études. Pour Nathalie, la médecine, c'était l'assurance d'avoir un métier utile et rémunérateur, mais ce qui l'intéressait vraiment, c'était la politique. À l'université, elle était maoïste ; comme beaucoup d'étudiants de son époque, elle ignorait, ou feignait d'ignorer, que la révolution culturelle en Chine causait des millions de morts. Elle voulait changer le monde. Devenue médecin, elle décida de ne pas exercer et elle présenta le concours extérieur de l'ENA, qu'elle réussit haut la main. Elle passa sa scolarité à Strasbourg, où l'école était implantée depuis quelques années, et fit partie de la promotion

« Jean Monnet ». Elle fut, cette année-là, la seule femme à la fois énarque et médecin.

Alors qu'elle était en quatrième année de médecine à Metz, on commença à parler de l'acupuncture, ou plutôt à en reparler car la pratique n'était pas inconnue en France mais elle était très peu répandue. La plupart des médecins n'y croyaient pas. Ils mettaient cette méthode dans le grand sac de la médecine chinoise, une médecine globale qui travaillait sur l'énergie qui circule dans le corps et non sur les symptômes de tel ou tel organe. C'était bon pour les Chinois ; pas pour les Occidentaux. Nathalie Granet eut envie d'en savoir plus. Mao Zedong avait proclamé la médecine traditionnelle chinoise « trésor national » ; mais les jeunes maoïstes n'avaient pas compris qu'il l'avait fait avant tout parce que c'était une médecine moins chère que la médecine occidentale. Quoi qu'il en soit, des étudiants en médecine et de jeunes médecins s'emparèrent du concept, et notamment de l'acupuncture qui, bien pratiquée, avait fait ses preuves.

Nathalie Granet fut de ceux-là. Activiste forcenée pour qui tout ou presque était bon à prendre, elle y voyait une cause à défendre. Elle créa sur le campus une association dont elle prit la présidence – déjà – et organisa des conférences pour alerter les étudiants et l'administration de la fac de médecine sur les vertus de l'acupuncture. Elle se rendit plusieurs fois à Paris pour se former et pouvoir la pratiquer.

La même année, un jeune homme issu d'une famille alsacienne néo-nazie, qui s'appelait Jean-François Zeller, étudiant en lettres classiques, militait dans le cadre d'une association d'extrême droite qu'il avait créée.

Jean-François Zeller n'était pas, à l'époque, le personnage froid et pervers qu'il allait devenir sous le nom de Maxime Friedrich. Il menait une vie très libre et profitait du mouvement de libération homosexuelle qui avait suivi – avec un décalage d'une dizaine d'années – mai 68. Beau garçon, il avait de nombreux partenaires et, à son insu, prenait des risques car le sida, cette maladie encore mystérieuse, venait de faire son apparition. Et puis, il était tombé amoureux, follement amoureux, d'un jeune homme de son âge, un garçon prénommé Éric qui étudiait l'histoire (celui-là même dont il avait parlé à Wagner). Un beau blond, grand, sportif, séduisant et séducteur. Quand Nathalie Granet commença à diffuser ses tracts et à organiser ses premières réunions, Friedrich y vit une provocation. Pour lui, la médecine était née dans la Grèce antique et il ne pouvait être question d'introduire en France les méthodes de charlatan promues par la Chine de Mao. C'est un sujet sur lequel son avis divergeait d'avec Éric. Celui-ci, en effet, qui de par ses études avait une vision plus large et plus érudite de l'histoire contemporaine, trouvait intéressante la technique des aiguilles.

26

Et l'enquête continuait, plus vive que jamais. Amira réunit son équipe. Elle était maintenant persuadée d'avoir compris toute l'affaire, même si elle en ignorait encore les implications.

– Le choix des aiguilles comme arme du crime n'est pas anodin. Ni le fait de s'en prendre à la présidente de la République. L'assassin (car il s'agit d'un homme seul, même s'il a pu avoir des complices) veut exercer une vengeance contre Nathalie Granet, sans doute parce que celle-ci lui a causé un préjudice majeur. Elle a pu se rendre responsable de meurtres pour lesquels des aiguilles étaient impliquées. Reste à savoir de quoi il s'est agi exactement, quand et où. En faisant une recherche sur les années d'études de Nathalie Granet à l'université de Metz, j'ai découvert qu'elle avait créé une association pour promouvoir l'acupuncture. L'acupuncture, donc les aiguilles. C'est un fil qu'il va falloir tirer. Le portrait de l'assassin se précise également. C'est à l'évidence un psychopathe, avec deux caractéristiques principales : il en veut à Nathalie Granet (et il a dû se passer des faits particulièrement graves) et il éprouve du plaisir à faire souffrir et à tuer. Il va continuer sa vengeance, avec la même imagination terrifiante. La piste la plus prometteuse, c'est Charles Wagner. Pas mal d'éléments ont déjà été recueillis le concernant. Les membres de sa famille ont été contactés, son appartement a été passé au peigne fin, son ordinateur fouillé de manière à retrouver les personnes avec lesquelles il a pu avoir des aventures, puisqu'il est avéré qu'il ne s'est jamais marié et qu'il a toujours vécu seul. Il y a une autre piste que je veux explorer : celle de la Présidente elle-même. Il nous faut une enquête approfondie sur la période où Nathalie Granet était étudiante en médecine à Metz. J'ai rédigé un rapport que j'ai adressé, via le préfet, au ministre de l'Intérieur. Je demande un rendez-vous avec Nathalie Granet. Nous avons besoin de savoir si la Présidente se rappelle un événement qui aurait pu déclencher, peut-être des années plus tard, un tel déchaînement de violence.

Le ministre de l'Intérieur referma le rapport d'Amira Kerfi avec un fort sentiment d'inquiétude. Le fait que la Présidente puisse être concernée d'une façon ou d'une autre lui paraissait extrêmement dangereux. Stéphane Grandmaurin était l'un des compagnons de route les plus fidèles de Nathalie Granet. Il avait fait auprès d'elle toutes les campagnes, à Metz et à Paris, et avait été son directeur de cabinet quand elle était ministre. Son rôle était de la protéger. Il savait que les opposants de Nathalie Granet allaient se déchaîner s'ils apprenaient que la Présidente était impliquée ; et les opposants les plus virulents, c'étaient certains de ses ministres et des membres du parti présidentiel, qui y verraient une occasion de prendre sa place, en particulier Marc Guyot, le Premier ministre, que tous redoutaient. Il savait par ailleurs que les premières conclusions des enquêteurs à l'Élysée n'allaient pas du tout dans le sens des découvertes d'Amira Kerfi. Elles attribuaient les meurtres à une organisation soutenue par le gouvernement russe, avec comme objectif de s'en prendre à l'Union européenne.

Stéphane Grandmaurin se demandait à qui il pourrait en parler avant d'aller rencontrer la Présidente. Dans ce monde où les dents longues sont la caractéristique physique la plus répandue, les personnes de confiance étaient peu nombreuses. Il choisit la directrice de cabinet, Marie-Noëlle Texier. Il la connaissait depuis des années, elle aussi avait accompagné la carrière de Nathalie Granet. Et c'était, politiquement, la personne la plus proche de la Présidente. Autant Nathalie Granet était petite, autant Marie-Noëlle Texier était grande et mince. Elle était toujours soignée ; elle gardait les cheveux blancs et cela lui donnait de la classe ; c'était une personne solide et efficace, et l'exemple emblématique de la femme de l'ombre car le grand public ne la connaissait pas. Il lui demanda un entretien d'urgence. Elle le reçut dans son bureau, qui était contigu à celui de Nathalie Granet. Il la briefa au mieux de la situation.

– C'est mauvais, très mauvais, dit-elle. Il faut arrêter tout ça très vite. Mettre l'enquêtrice de Strasbourg sur la touche. Lui enlever le dossier le plus rapidement possible.

– Sans doute, répondit Grandmaurin. Mais ça risque de ne rien changer. Nous ne pourrons pas empêcher l'enquête de se poursuivre, d'autant plus qu'il y a maintenant beaucoup d'éléments et que l'assassin est sur le point d'être identifié. Il y aura un procès, il parlera.

– Enfin, Stéphane, reprit Marie-Noëlle Texier, le rapport implique que Nathalie est mêlée à ces crimes ! On ne peut pas laisser dire ça ! Et si c'est le cas, qu'a-t-elle fait ? Nous devons le savoir ! En plus, le tueur n'est toujours pas identifié. Quel bordel !

– Et il y a les lettres de revendication, poursuivit Stéphane. Jusqu'à présent, nous les avons occultées. À force de voir dans le suspect un détraqué, nous refusons de prendre en compte la possibilité qu'il s'agisse d'une action purement politique, d'un groupuscule désireux de voir la France quitter l'Europe et prêt à tout pour y parvenir.

– C'est la version des enquêteurs de l'Élysée, et c'est celle-là qu'il faut privilégier. Elle met la Présidente totalement en dehors.

– Alors, tu as raison, il faut virer la Maghrébine, conclut Stéphane.

Marie-Noëlle Texier réfléchit.

– La virer, ou la soudoyer. Car si on la vire, elle sera remplacée. Tu le sais bien, c'est très difficile, et très risqué, d'arrêter une enquête de police. Et encore, on a la chance que la presse n'ait rien repéré. Mais ça ne va peut-être pas durer.

– Tu sais qu'elle a demandé un rendez-vous à Nathalie.

– Ah bon ? Manquait plus que ça. Il faut l'accorder, ce rendez-vous, mais qu'on soit là aussi.

Ils se quittèrent préoccupés. On était au début de ce qui s'annonçait comme un scandale d'État. Il était temps de tout arrêter, mais c'était peut-être déjà trop tard. Et le pire, c'est qu'on ne savait pas comment faire.

27

Kevin Dupré n'en pouvait plus de son boulot à la correspondance présidentielle. Il avait voulu être flic et il se retrouvait à ouvrir des lettres et des lettres, comme dans *Les Temps Modernes* où les ouvriers faisaient le même geste toute la journée. En plus, il détestait le directeur, un arriviste qui passait son temps à discréditer ses collaborateurs dans l'espoir d'obtenir un poste plus intéressant. Il n'aimait pas Paris, trop stressant, et n'y avait pas d'amis. Bref, il rêvait de retourner à Bourges et de faire un vrai travail de flic, à savoir mettre des PV et arrêter les délinquants. L'esprit libre tandis qu'il décachetait lettre après lettre, il eut une idée. C'est lui qui avait ouvert la première lettre de revendication des meurtres à l'aiguille, et la quatrième. Il avait bien remarqué que ces lettres, transmises à l'Élysée, n'avaient pas été rendues publiques. Il en avait gardé des copies, l'une et l'autre marquées du tampon officiel qui les authentifiait. Et s'il les monnayait auprès d'un organe de presse ? Il ferait d'une pierre deux coups. Il gagnerait du fric (avec le salaire minable qu'il avait, c'était appréciable) et il bousculerait un système qu'il avait appris à détester.

Bien sûr, en entrant dans le service, il avait signé un document l'obligeant à la plus stricte confidentialité. Mais ils étaient une centaine à ouvrir les lettres. Si une info fuitait, il n'y avait guère de risque qu'on le repère plus que personne d'autre.

Il pensa à Anankè, un site d'info en ligne créé cinq ans plus tôt par un journaliste excédé par les frilosités des chefs de rédaction des principaux organes de presse face à la liberté d'investigation. Anankè avait à son actif un certain nombre d'affaires. Le site, entre autres, avait fait tomber le ministre des Transports pour une sombre histoire d'abus de biens sociaux. Il avait dénoncé un scandale pharmaceutique qui avait entraîné un procès gigantesque. Kevin se demandait combien il pouvait tirer d'une information aussi importante que celle qu'il détenait. Il s'absenta pour téléphoner et prit un rendez-vous pour le surlendemain ; signe que l'info intéressait, c'est Thomas Viabon, le créateur du site, qui allait le recevoir.

28

Le 20 juillet, Amira prit le train de six heures quarante-deux pour Paris. Pendant le trajet, elle potassa le rapport et réfléchit à ce qu'elle allait dire. L'objectif était de centrer l'entretien sur la Présidente. Elle se doutait qu'obtenir des informations ne serait pas facile. Elle savait que Nathalie Granet pouvait se montrer extrêmement cassante et autoritaire.

Comme la fois précédente, elle patienta dans l'antichambre du bureau présidentiel. Elle avait revêtu sa tenue professionnelle de commandant pour faire aussi sérieux que possible. Le rendez-vous était à dix heures. Elle dut patienter jusqu'à dix heures quarante-cinq quand elle vit arriver le ministre de l'Intérieur, qu'elle connaissait depuis l'île de Ré, accompagné d'une femme grande et élégante, d'une soixantaine d'années. C'était Marie-Noëlle Texier. Grandmaurin la lui présenta. Il ne fallait pas s'attendre à une atmosphère conviviale.

Ils entrèrent tous les trois dans le bureau de Mme Granet, qui buvait un café mais ne leur en offrit pas. Le commandant divisionnaire Bouvier et trois de ses principaux collaborateurs étaient présents. Il y avait de quoi être intimidé mais Amira ne l'était pas ; elle prenait même un certain plaisir à la situation. La Présidente commença, s'adressant à Amira.

– Vous n'avez toujours aucun résultat ? Ce type, le tueur, il a laissé des traces un peu partout et vous ne l'avez toujours pas trouvé ?

Amira décida d'entrer d'emblée dans le vif du sujet, quitte à paraître effrontée.

– Nous y travaillons activement, madame la Présidente, mais il nous manque un élément. Le choix des trois jeunes gens tués avec des aiguilles fait très probablement référence à quelque chose – un accident, un drame – lié à votre propre histoire, car c'est vous qui êtes visée.

Il y eut, dans le petit groupe, une réaction d'étonnement horrifié. Aucun des participants n'aurait imaginé que ce petit commandant de province oserait impliquer la Présidente de façon aussi directe. Dans ce milieu où les choses ne sont jamais dites franchement et où, surtout, un codage très strict des prises de parole dépend du niveau hiérarchique auquel on appartient, les propos d'Amira étaient terriblement transgressifs. La Présidente regarda le commandant Bouvier. Il y eut une pause, puis elle prit la parole.

– Si je comprends bien, vous sous-entendez que j'ai une responsabilité dans ces drames ? Vous vous foutez de moi ?

– Il ne s'agit pas de cela, madame la Présidente, bien au contraire. Je vous parle dans le cadre d'une enquête. J'ai besoin de certains éléments pour retrouver l'assassin. Je ne vous implique nullement, je demande simplement votre aide.

Il y eut, à nouveau, une pause, et c'est Bouvier qui prit la parole.

– Nous avons déjà exploré cette piste. Croyez-vous que nous n'avons pas parlé avec Mme la Présidente ? Rien, absolument rien ne relie Mme Granet à ces crimes. Il est inutile d'aller plus loin.

Amira comprit que le commandant mentait. Il cherchait à couvrir la Présidente. Il fallait prendre un autre angle d'attaque. Elle reprit la parole, parla à la Présidente, la regardant droit dans les yeux. Elle était incroyablement à l'aise.

– Quand vous étiez étudiante en médecine à Metz, madame Granet (et elle fit exprès de dire « madame Granet » et non « madame la Présidente »), vous vous êtes intéressée à l'acupuncture. C'était l'époque, rappelez-vous, où cette méthode faisait un retour dans les milieux médicaux à la suite de sa promotion par Mao Zedong.

– Et alors ?

– Nous avons retrouvé l'actualité de cette époque. Trois étudiants sont morts, deux garçons et une jeune fille, peut-être à la suite de traitements expérimentaux par des aiguilles.

Il y eut alors une réaction totalement inattendue. La Présidente se leva et, dans un geste de colère, envoya valdinguer une pile de parapheurs qui se trouvait sur son bureau. Elle hurla :

– Sortez ! Sortez immédiatement ! Vous savez à qui vous parlez ? Vous n'avez aucun droit de m'accuser ! Sortez d'ici, petite enquêtrice de merde !

Amira prit la porte, en prenant bien soin de ne pas se précipiter. Les personnes présentes la regardèrent sortir. Elles connaissaient la Présidente et savaient qu'elle était sujette à de brusques colères ; mais il allait falloir attendre qu'elle se calme, et rattraper autant que possible la situation.

Ce n'était pas le problème d'Amira. Elle quitta l'Élysée, marcha un peu dans le quartier et s'assit à une terrasse de café pour boire une bière. Est-ce que sa carrière était fichue ? Ce qui était sûr, c'est que la Présidente avait quelque chose à cacher ; et que ce n'était pas rien.

Le soir, à Strasbourg, elle eut plaisir à retrouver Swann qui, étant en vacances, avait préparé un repas. Ils dînèrent dans la cuisine, simplement. Elle lui raconta l'épisode. Ce n'était pas tous les jours qu'une commandante de police était reçue par la présidente de la République et virée comme une malpropre ! Ils en rirent tous les deux. Qu'allait-il se passer maintenant ? Amira se sentait bien. Elle avait réussi son coup.

Le lendemain matin, au bureau, elle eut la surprise de recevoir un mail de Marie-Noëlle Texier, la directrice de cabinet. Le mail était ainsi rédigé :

« Madame le Commandant,

La présidente de la République regrette l'éclat qui s'est produit hier. Elle vous propose un nouveau rendez-vous, mercredi prochain à dix heures.

Elle vous adresse ses meilleurs sentiments. »

Amira faillit tomber de sa chaise. Elle était seule dans le bureau et elle ne put s'empêcher de rire. Elle avait gagné la première manche.

29

Les locaux d'Anankè se trouvaient dans une rue proche de la Bastille. C'était au cinquième étage et on y accédait, non pas par un ascenseur, mais par un monte-charge. Il s'agissait d'un bâtiment d'anciens ateliers de confection, reconverti en sièges de start-up. Kevin Dupré avait pris une journée de congé. Il était stressé. Il avait en main l'enveloppe dans laquelle il avait glissé les deux lettres. Il sonna. Un homme jeune, avec des lunettes et portant la barbe, vint lui ouvrir. C'était Thomas Viabon.

Kevin fut introduit dans le bureau du directeur. Thomas Viabon lui demanda ce qui l'amenait. Kevin était un provincial, il n'avait pas l'habitude de ce genre de rendez-vous à haut niveau. Il bégaya un peu, il transpirait. Il expliqua qui il était, ce qu'il faisait et ce qu'il y avait dans l'enveloppe qu'il avait posée sur le bureau. Elle contenait l'explication tant attendue par les Français des causes des crimes qui avaient tellement bouleversé l'opinion. Pour Anankè, c'était de l'or. Viabon prit la parole.

– Puis-je ouvrir l'enveloppe ?

– Bien sûr, répondit Kevin, un peu inquiet.

Viabon lut les lettres. Il les relut. Pendant ce temps, Kevin comprit qu'il avait commis une erreur colossale. S'il voulait de l'argent, il aurait dû en demander avant de donner les lettres. Maintenant que Viabon en connaissait le contenu, il n'y avait aucune raison qu'il paie. Il tenta néanmoins.

– Je ne vous laisse pas ces lettres sans une participation financière de votre part. Je demande trois mille euros.

Viabon eut un grand sourire.

– Cher monsieur, Anankè a pour principe de ne jamais payer ses informateurs. C'est une règle de déontologie que nous appliquons de façon très stricte.

Il mentait, bien sûr, mais Kevin était tellement déstabilisé qu'il le crut. Il ne lui restait plus qu'à partir, avec ou sans les lettres, cela ne changeait rien. N'ayant plus rien à gagner, il les laissa sur le bureau. En reprenant le monte-charge, il se dit qu'il était vraiment temps pour lui de retourner à Bourges.

Le jour même, un grand titre parut sur le site d'Anankè : « Granet sommée de quitter l'Union européenne. » Suivait un rédactionnel où, disposant de peu d'éléments, Viabon et ses journalistes avaient pas mal inventé. Mais l'info était lancée. Elle allait faire du bruit. Et permettre à Anankè de franchir une étape de plus dans la notoriété. Les coups de fil et les SMS arrivèrent. Thomas Viabon reçut cinq invitations pour le soir même, provenant de chaînes de télévision. Il choisit de répondre positivement à la plus regardée, TF1.

En découvrant l'article sur le site d'Anankè, le directeur du service de la correspondance présidentielle se demanda qui avait pu livrer l'info. Il n'eut pas à réfléchir longtemps. Il se souvenait parfaitement de qui lui avait apporté la première lettre : le jeune Kevin Dupré. Comme par hasard, il avait pris un jour de congé… Pas difficile d'en conclure que c'est lui qui avait contacté Anankè. Le jeune homme pouvait dire adieu à sa carrière de flic.

30

Le 22 juillet, Julien Farge revenait, en bus, de la gare de Strasbourg où il était allé poster la lettre pour la Présidente, comme l'avait demandé Friedrich. C'était très rare qu'il se rende en centre-ville, et quand cela arrivait c'est qu'il avait une bonne raison.

La rencontre avec le tueur avait été un événement dans sa vie. Il avait pris un plaisir inattendu à mettre à mort ces trois jeunes.

Il vivait depuis toujours dans le quartier déshérité de la Meinau, dans la banlieue de Strasbourg. Un appartement trop étroit pour sa mère et ses quatre enfants, tous adolescents. Le père avait disparu il y a longtemps, il avait été condamné pour meurtre et croupissait en prison. Bien avant le meurtre en question – un ami dealer qui avait refusé de lui donner sa part – il avait quitté sa famille. Julien avait grandi comme il avait pu, il avait quitté l'école à 16 ans et depuis, il vivait du trafic de drogue, comme ses deux frères. Seule sa sœur faisait des études et essayait de s'en sortir. La mère profitait largement des ressources de la drogue pour faire vivre sa famille. C'est tout à fait par hasard que Charles Wagner l'avait recruté, en faisant le tour du quartier. Allongé sur son lit à l'heure de la sieste, Julien réfléchissait. Enfoncer des aiguilles dans les corps nus de ces Biélorusses avait été une expérience fantastique. Surtout la fille ; il avait pu la tripoter ; il serait allé plus loin si Friedrich avait été d'accord. S'attaquer à ces jeunes gens bien sous tous rapports, c'était un peu se venger de sa propre misère. Et puis, Maxime Friedrich l'avait beaucoup impressionné. C'était un vrai chef. Julien rêvait d'être sous ses ordres, il aurait fait n'importe quoi pour lui. Il avait bien compris qu'il était homosexuel, et pourtant lui qui méprisait les gays et les tabassait à l'occasion, cela ne le gênait pas. Il fallait absolument qu'il reprenne contact. Et il y avait des paquets de fric à récolter. Il se dit qu'il irait chez Friedrich en voiture ; il savait qu'il ne fallait surtout pas téléphoner.

Le lendemain matin, il fit le tour du quartier pour repérer une voiture qu'il pourrait voler. Un vieux tacot – ça ne manquait pas dans le coin – et une barre de fer. Il repéra rapidement une Clio assez semblable à celle qu'il avait utilisée pour les deux crimes de Strasbourg. Il n'eut aucun mal à la mettre en marche et il prit la route pour la maison de Friedrich.

Il arriva à l'heure du déjeuner. Friedrich le reçut avec une certaine froideur. Il lui demanda ce qui l'amenait.

– Je voulais juste vous revoir, dit Julien en rougissant. Je me disais que vous auriez peut-être besoin de moi.

– Pour quoi faire ? répondit Friedrich.

Il faisait exprès de déstabiliser le jeune homme. Julien bredouilla :

– Ben, vous allez peut-être tuer d'autres personnes ?

Friedrich ignorait si Julien était au courant que d'autres crimes avaient été commis après les Biélorusses. Mais peu importait. Un jeune homme dégourdi, qui baignait dans la délinquance, c'était bien utile. Friedrich lui dit que son plan n'était pas encore arrêté mais que, certainement, il aurait besoin d'un bras droit.

– Et votre ami Wagner, il est où ?

– Aucune idée. Nous nous sommes fâchés. Un imbécile, celui-là.

Friedrich mit un plat surgelé à réchauffer, ouvrit une bouteille de vin. Ils déjeunèrent en tête à tête, comme Friedrich l'avait fait souvent avec Wagner, mais la comparaison s'arrêtait là. Pour Friedrich, la collaboration d'un dealer était beaucoup plus intéressante que celle d'un prof à la retraite. Il ne serait pas question de sexe – enfin, on ne sait jamais, ne put s'empêcher de penser Friedrich en regardant le corps musclé du jeune homme.

Julien avait dix-huit ans, il était grand, châtain clair, mal rasé. Il avait un tatouage sur le cou. C'était un beau garçon plein d'énergie et Friedrich se dit qu'avec un peu de soin il pourrait passer pour quelqu'un de la bonne société. En plus, il n'avait pas l'accent des banlieues. Il fallait lui donner sa chance.

Friedrich savait comment il allait l'utiliser. Comme il l'avait fait avec Clément, comme il l'avait fait avec Wagner, il lui demanderait d'agir à sa place. Friedrich était recherché par toutes les polices, il valait mieux qu'il sorte le moins possible de chez lui. Ils discutèrent pendant le repas et, après, une bonne partie de l'après-midi. Friedrich expliqua à Julien les crimes qu'il avait commis. Julien était fasciné. Rapidement, une relation se créait entre les deux hommes ; l'un n'avait pas d'enfant, l'autre n'avait pas de père. Quelque chose était en train de se nouer entre eux.

En fin d'après-midi, Julien passa dans la chambre que les trois Biélorusses avaient occupée. Il dut remettre son téléphone portable ; il profita des jeux vidéo. Et puis, vers dix-neuf heures, Friedrich lui demanda de préparer le repas. Julien faillit refuser. « Je ne suis pas son domestique », se dit-il. Mais il se ravisa. Il entra dans la cuisine, ouvrit le congélateur, sortit un plat de lasagnes. Il regarda le mode d'emploi sur le paquet ; il n'avait jamais cuisiné quoi que ce soit. Il mit le plat dans le micro-ondes et sortit du frigo une bouteille de pinot noir. Ils dînèrent dans une atmosphère de convivialité, comme s'ils se connaissaient depuis toujours. C'était, pour Friedrich, la phase de séduction.

– Je déteste les femmes, dit-il à Julien. Enfin, celles qui se prennent pour des hommes. Tu vois, il y a une grande différence entre les hommes et les femmes : ça s'appelle les couilles. Oui, les couilles. Tu en as, n'est-ce pas ? Moi aussi, j'en ai. Les femmes n'en ont pas. Et de toute éternité, ce sont les hommes – c'est-à-dire ceux qui en ont, des couilles – qui ont dirigé le monde. Ce sont eux les inventeurs, les créateurs, les architectes, les artistes, les dirigeants… Depuis peu, les femmes tentent de les égaler. C'est ridicule. Cela me choque profondément. Dans la

Grèce antique, les femmes restaient au gynécée. Elles n'existaient pas dans la vie sociale et politique. Elles passaient leur temps à la maison, faisaient des enfants et s'en occupaient. Et tout allait bien. Alors, la Granet, cette conne, elle peut se mettre dans la peau d'un président de la République, elle n'y arrivera jamais. En tout cas, je ferai tout pour l'en empêcher.

Un tel discours ravissait Julien. Ce petit mec qui roulait les mécaniques n'avait jamais rien entendu de tel. Et cela correspondait exactement à ce à quoi il croyait.

Friedrich fit une pause. Il était content de lui. Il entreprit d'expliquer à Julien Farge en quoi consisterait sa mission. La présidente de la République était la mère de trois enfants. C'est sa deuxième fille qui intéressait Friedrich. Agathe était mariée à un contrôleur du ciel de l'aéroport de Blagnac à Toulouse, Romain Raynaud.

– Ce qui m'amuse, dit Friedrich, c'est que cet imbécile de Romain Raynaud est aiguilleur du ciel. Aiguilleur ! Alors qu'on n'a pas arrêté d'enfoncer des aiguilles dans le corps des Biélorusses ! Ça ne s'invente pas !

Julien sourit mais il était trop tendu pour se mettre à rire. Il attendait de savoir ce que Friedrich allait lui demander.

– Aiguilleur du ciel, c'est un métier difficile, continua Friedrich. On n'a pas intérêt à se tromper. C'est pour ça que les contrôleurs aériens sont super bien payés. Maintenant, je vais te raconter une petite histoire.

Friedrich s'assit confortablement dans son fauteuil préféré, se servit un whisky et en servit un à Julien. Il commença.

– Il y a quatre ou cinq ans, je discutais souvent avec un collègue prof de maths. Je ne dirais pas que j'en avais fait un ami – je n'ai jamais eu d'amis. Mais enfin, on parlait. Un jour, il me dit qu'il avait un frère qui était contrôleur aérien à Toulouse. Rien de bien intéressant dans cette information, sauf qu'il y eut, à cette époque, un scandale. Le frère de mon collègue, qui se prénommait Pierre, avait comme assistant un certain Romain Raynaud. Oui, le gendre de Nathalie Granet, la présidente de la République, qui à l'époque était ministre des Affaires étrangères. Avoir une belle-mère ministre, une sacrée aubaine ! Ce Romain voulait le poste, bien mieux payé et plus prestigieux. Et puis, quand on a comme belle-mère un ministre, autant en profiter ! Il lui demanda d'intervenir.

Julien buvait les paroles de Friedrich. Jamais on ne lui avait parlé d'une telle façon. Tout à coup, il avait l'impression d'exister. Voilà qu'il entrait dans le monde de la politique, du pouvoir. Il se disait qu'il avait une chance folle d'avoir été choisi, quelle que soit la mission qui lui serait confiée.

– Tu crois qu'elle a accepté ? Eh bien non. Elle aurait bien voulu faire plaisir à sa fille, mais elle ne se laissa pas fléchir. Pas pour des raisons d'éthique, contrairement à ce qu'elle laissa croire à sa fille et à son gendre, mais de peur que cela se sache. Il ne manque pas de carrières brisées pour moins que ça. Mais Romain Raynaud tenait au poste, et il imagina une autre stratégie.

Friedrich ménageait ses effets. Il fit une pause, se servit un deuxième whisky et en servit un autre à Julien. Puis il continua.

– Il chercha à dégommer le fameux Pierre, et pour cela il l'amena à faire une faute professionnelle. Les contrôleurs aériens tiennent entre leurs mains la sécurité des avions qui, chaque jour, fréquentent un aéroport. Il suffit d'une erreur ou d'un moment d'inattention pour qu'une catastrophe se produise ; c'est pourquoi il est strictement interdit, pour un contrôleur aérien, de quitter son poste de commande au moment où un avion décolle ou atterrit. Pierre le savait, mais il avait une longue pratique et il gérait une centaine de mouvements par jour. Il avait pleinement confiance en son assistant et il n'hésita pas à s'absenter pour aller aux toilettes alors qu'un Cessna d'une compagnie privée s'apprêtait à atterrir. C'est donc Raynaud qui se chargea de la manœuvre. Il se mit en contact avec le pilote du Cessna qui entamait sa procédure d'atterrissage. Au même moment, un avion-taxi s'apprêtait à décoller. Selon la procédure habituelle, le pilote du Cessna en vol demanda à la tour de contrôle si le champ était libre pour l'atterrissage.

Julien avait l'impression de se retrouver dans un film hollywoodien. Le whisky ajoutait à son excitation.

– Raynaud pouvait dire oui ou non. S'il disait oui, le pilote du Cessna allait se poser, sans savoir qu'un autre avion était déjà sur la piste. C'est ce qu'il fit. Une folie, car le choc entre les deux appareils risquait de provoquer l'une des pires catastrophes aériennes que la France ait connues.

– Il était prêt, ce con, à tuer des gens pour un boulot ? dit Julien.

– Oui et non. Il savait que les pilotes ne se basent pas uniquement sur le feu vert de la tour de contrôle. Ils regardent la piste avant de s'y poser. C'est ce que fit le pilote du Cessna en vol. Au dernier moment, alors qu'il était à deux doigts d'atterrir, il vit l'avion-taxi qui était sur la piste et il mit les gaz pour reprendre de l'altitude. Mais il eut la peur de sa vie.

– Alors, dit Julien, l'accident a été évité ?

– Tu as parfaitement compris. Mais les choses n'en sont pas restées là. Le pilote du Cessna transmit un rapport à la tour de contrôle. La sécurité est une priorité absolue. Le contrôleur aérien, ce Pierre dont je t'ai parlé et qui s'appelle Pierre Adamsky, a été convoqué. Il a eu beau expliquer qu'il s'était absenté pour peu de temps et qu'il avait confié le contrôle à son adjoint en qui il avait toute confiance, c'est lui qui fut considéré comme responsable, et il fut licencié pour faute grave. Romain Raynaud n'obtint pas tout de suite le poste qu'il convoitait. Il resta assistant pendant treize mois, mais finit par devenir contrôleur à part entière. Le fait qu'il était le gendre d'une ministre le protégea, et l'aida.

– Et le Pierre, qu'est-ce qu'il est devenu ? demanda Julien.

– Il ne s'en est pas trop mal tiré. On lui a donné un poste d'ingénieur Opérations de vol. Mais il a gardé une rancune tenace contre Raynaud, et il va nous aider pour notre opération. Mon plan, c'est de renouveler l'incident du Cessna, mais, cette fois-ci, avec le choc entre les deux avions.

Il était déjà plus de minuit, Friedrich avait beaucoup parlé et il donna rendez-vous à Julien le lendemain matin, vers dix heures, après le petit déjeuner. Il allait lui expliquer ce qu'il attendait de lui.

Cette nuit-là, Julien dormit mal. Il était nerveux. Tout était nouveau pour lui. Réaliser un crime, tuer des gens, voilà quelque chose qui l'excitait beaucoup. Il ne pensait pas du tout au risque de se faire prendre. Il faisait une confiance aveugle à Friedrich.

31

Assis devant la journaliste vedette de TF1, à l'heure de la plus grande écoute, Thomas Viabon jubilait. Il avait en main la première lettre de revendication, signée « François Schmitt ». Il répondit à toutes les questions comme si c'était lui qui pilotait l'enquête. Il montra la lettre sur laquelle la caméra se fixa pendant quelques secondes.

– Si j'ai bien compris, dit la journaliste, l'Élysée a cherché à dissimuler cette lettre et donc, les raisons des meurtres.

– Oui, répondit Viabon, et c'est extrêmement grave. On est là devant un scandale d'État. Si la Présidente avait accepté les demandes des assassins, elle aurait certainement épargné des vies humaines – en supposant que les crimes de l'île de Ré, de Chenonceau et de Hossegor sont bien dus à la même équipe, ce qui ne fait guère de doute.

– Mais doit-on céder à ce type de chantage ?

– Je l'ignore, répondit Viabon d'un ton quelque peu suffisant. Mais la question mérite d'être posée.

– Et ce François Schmitt, le signataire des lettres, a-t-on une idée de qui il pourrait être ?

– Là encore, je ne suis pas chargé de l'enquête. Je suis simplement surpris qu'il n'ait pas encore été repéré.

L'échange se poursuivit quelques minutes encore. C'était terrible pour Nathalie Granet. Viabon ne l'épargnait pas. Il savait que plus il la chargeait, plus il aurait de visiteurs sur son site. Il accusait la Présidente d'être implicitement responsable de la mort de vingt personnes – et ce n'était peut-être pas fini. Les Français, éberlués, découvraient que l'Élysée leur avait caché une information capitale. Beaucoup d'entre eux se disaient que la Présidente aurait pu ruser. Elle aurait pu annoncer un référendum pour gagner du temps. Les politiques et les journalistes allaient se déchaîner.

La Présidente et tout son gouvernement étaient devant leur écran. Comment Nathalie Granet allait-elle se sortir d'une telle situation ? Elle allait être doublement accusée : à la fois d'avoir dissimulé les lettres et de n'avoir pas obtempéré aux revendications. Et tout cela, dans le contexte extrêmement douloureux des crimes successifs. Le petit Martin Besson, le fils de la députée assassinée, assassiné lui aussi, était devenu à la fois une icône et un martyr. La France était meurtrie et voilà qu'on découvrait que les crimes auraient peut-être pu être évités.

Le pire, c'est qu'il était probable que les revendications concernant l'Europe étaient un leurre. Mais il était impossible de le dire publiquement, car sinon la succession des crimes risquait d'être attribuée à une vengeance personnelle contre la Présidente, à la suite d'une action dont elle se serait rendue coupable, et c'était encore plus grave pour Nathalie Granet. « Un sacré merdier », aurait dit Grandmaurin, et il n'aurait pas été le seul à utiliser cette expression. « Il faut sauver le soldat Granet », aurait-il ajouté. Mais, à ce stade, était-ce possible ?

Le soir, les chaînes d'info en continu avaient invité tout ce que le monde médiatique comptait de ministres, députés, chefs de partis, politologues. Elles n'avaient eu aucun mal à trouver des têtes d'affiche. La plupart des interventions étaient défavorables à la Présidente. On n'avait pas fini de parler de ce qui apparaissait comme une crise majeure et inédite, d'une extrême gravité.

Dans son studio de l'avenue de Flandres, Kevin Dupré regardait lui aussi la télévision. Il contemplait, abasourdi, le tsunami qu'il avait provoqué. Décidément, l'idée de se faire muter à Paris n'avait pas été la meilleure.

32

Le mercredi 20 juillet, tôt le matin, Amira Kerfi était à nouveau dans le TGV pour Paris. Arrivée à destination, elle gagna le quartier de l'Élysée, s'arrêta pour prendre un café à une terrasse car elle était en avance. Le temps était splendide. Elle retrouva l'antichambre de la Présidente mais cette fois, n'eut pas à attendre. À dix heures pile, l'huissier la fit entrer dans le bureau de Nathalie Granet. Les mêmes personnes que la dernière fois étaient déjà là. Elles étaient assises autour d'une table où un petit déjeuner copieux était servi. Bouvier lui lança un regard noir. La Présidente était debout devant la porte-fenêtre, elle regardait les jardins. Amira fut surprise par sa petite taille. Elle se rappela qu'Elizabeth Taylor avait fait la carrière que l'on sait du haut de son mètre cinquante-sept. Nathalie Granet n'était guère plus grande.

C'était le lendemain de la révélation d'Anankè. Après les chaînes d'info, les journaux du matin faisaient leur une sur l'affaire, rivalisant dans les titres. « Granet dans la tourmente », « L'Europe et la mort », « Les mensonges de Granet ». La Présidente et ses collaborateurs s'étaient réunis le matin à huit heures pour discuter de la stratégie à suivre. La première idée était de muter Amira Kerfi, éventuellement à un poste plus prestigieux, pour faire passer la pilule. Mais cette option présentait des inconvénients. Comme l'avait déjà remarqué Marie-Noëlle Texier, si on remplaçait Amira, l'enquête suivrait son cours et rien ne permettait de dire que le nouvel enquêteur serait plus malléable. On pouvait aussi dessaisir la brigade de Strasbourg du dossier et concentrer l'enquête sur la cellule de l'Élysée ; mais cette solution n'était guère plus satisfaisante. La presse et l'opposition risquaient d'y voir une manœuvre pour éviter que la vérité ne soit établie. Le fait que l'enquête soit menée uniquement à l'Élysée ne serait pas une garantie d'objectivité. Finalement, la Présidente décida d'attendre la rencontre avec Amira Kerfi pour prendre toute décision définitive. Elle avait dormi avec des cachets et était dans un état de grande nervosité.

À l'entrée d'Amira, elle se retourna et lui serra la main, avec un sourire forcé. Elle lui fit signe de s'asseoir et s'assit elle-même à côté d'elle. Une femme de service qui était debout près de la porte s'approcha et demanda à Amira si elle voulait un café et des viennoiseries. Amira se contenta d'un café. Quand Nathalie Granet parla, elle ne fit aucune allusion à sa colère de la fois précédente.

– Madame le commandant, commença la Présidente, nous voulons en savoir plus sur votre enquête. Vous avez insinué que j'avais une part de responsabilité dans ces crimes. Pouvez-vous préciser ?

– Je n'ai pas insinué cela, madame la Présidente. J'ai simplement dit qu'il y avait très certainement un lien entre vous-même et les meurtres à l'aiguille. Il semble que le tueur veuille se venger d'un préjudice qu'il aurait subi de votre part, ou qu'il penserait avoir subi. Par ailleurs, j'ai la conviction que la demande de référendum sur l'Europe est une fausse piste, inventée par le criminel pour faire diversion. Il faudrait maintenant que vous me fassiez confiance et que vous me parliez franchement.

Le commandant Bouvier ne put s'empêcher de l'interrompre.

– Vous n'allez pas encore une fois nous resservir l'histoire des aiguilles ?

– Laissez-la parler, coupa la Présidente.

Grandmaurin était, une fois de plus, impressionné par l'aplomb d'Amira Kerfi. Il pensait à cet adage en anglais : « If you can't beat them, join them ». Autrement dit : « Si vous ne pouvez rien contre eux, mettez-vous de leur côté. » Mieux valait en effet collaborer avec Amira Kerfi, au moins pour l'instant.

– Je me souviens vaguement, en effet, reprit la Présidente, d'avoir tenté de faire connaître la pratique de l'acupuncture à la faculté de médecine de Metz, alors que j'étais étudiante – en quatrième année, je crois. L'acupuncture est une technique qui m'intéressait. Je m'étais formée à Paris auprès de médecins chinois. Ça n'est pas allé très loin d'ailleurs. J'ai vite compris que cela demandait une vraie spécialisation, et j'avais autre chose à faire avec mes études de médecine. Mais je ne vois absolument pas en quoi cela aurait causé le moindre problème. Et cela fait quand même plus de trente ans.

Grandmaurin se rappelait l'éclair de panique qu'il avait vu dans le regard de Nathalie Granet quand il lui avait dit qu'un jeune homme était mort piqué par des aiguilles. La Présidente ne disait pas tout.

Marie-Noëlle Texier prit la parole :

– La presse, qui ne connaît qu'une partie des faits, pense que la Présidente a cherché à cacher la demande du ou des tueurs. Elle pense aussi que si l'Élysée avait lancé le référendum pour ou contre l'Europe, les crimes n'auraient pas eu lieu, et le petit Martin, qui émeut tant la France, serait encore en vie.

– Je comprends très bien cela, répondit Amira. C'est pourquoi je vous invite à me considérer comme une alliée et non comme une ennemie. Si quelque chose est arrivé il y a trente ans, je suis convaincue qu'il n'y avait rien d'intentionnel de votre part, madame la Présidente. Mais j'ai besoin de savoir exactement ce qui s'est passé. Il me semble que c'est à partir des faits que vous pourrez construire votre stratégie. Ainsi, à l'époque, vous vous étiez intéressée à l'acupuncture ?

Il y eut une pause. Les personnes présentes pensaient toutes à leur propre carrière, à ce qu'elles allaient devenir si la Présidente était obligée de démissionner.

– C'est vrai. Je vais jouer franc jeu avec vous, madame le commandant, dit Nathalie Granet. Lors d'une conférence sur l'acupuncture que je donnais sur le campus, j'ai demandé des volontaires pour tenter une expérience avec les aiguilles. Trois étudiants, deux garçons et une fille, ont levé le doigt. Ils souffraient de désordres physiques sans gravité. Je les ai fait venir tous les trois dans ma chambre à la faculté. Et je les ai piqués avec des aiguilles, conformément aux techniques de l'acupuncture. Je les ai revus deux ou trois jours plus tard. Ils allaient mieux. C'est tout ce que je peux vous dire. Je ne comprends pas comment cette expérience anodine pourrait avoir le moindre lien avec les meurtres des Biélorusses.

– En effet, dit Amira. Mais il semble bien pourtant que c'est cet épisode qui a entraîné la colère du tueur. Pourquoi ?

– Écoutez, Amira. Je vais aller jusqu'au bout. Je vais tout vous dire. J'ai confiance en vous. Vous avez fait preuve d'une pugnacité extraordinaire. Vous savez, la plupart des gens ont peur de moi. Je suis la présidente de la République. Rien ne peut impressionner davantage. Mais vous ne vous êtes pas laissé intimider. Je vous en félicite.

La Présidente fit une pause. Chacun s'attendait à ce qu'elle livre une information capitale.

– J'ai essayé de retrouver mes souvenirs ; pas facile après trente ans. Mais il y a quelque chose dont je me souviens, quelque chose que je n'ai jamais dit à personne, car c'est quelque chose de terrible. Je vais vous le dire à vous, devant le commandant Bouvier et ses adjoints, et devant mes collaborateurs. Je vous demande tous de me faire la promesse que vous ne le répéterez à personne ; je dis bien, à personne. Pas à votre conjoint, pas à vos enfants, pas à toute personne qui vous est proche. Je demande à chacun sa parole d'honneur.

Tous firent signe qu'ils s'engageaient à ne rien dire.

– Merci. Alors voilà : j'étais étudiante à l'époque, encore inexpérimentée. Et je voulais toujours aller vite. Quand les trois étudiants sont arrivés dans ma chambre, j'ai sorti mes aiguilles et j'ai commencé le traitement sur l'un des jeunes hommes. Cela s'est bien passé, j'étais contente de moi. Et puis je suis passée à la jeune fille. Et c'est là que j'ai fait une erreur absolument tragique : j'ai utilisé les mêmes aiguilles. À l'époque, on ne connaissait pas encore le matériel jetable. Il fallait impérativement désinfecter les aiguilles après chaque utilisation. On me l'avait appris dans ma formation à Paris, mais moi, j'étais débutante, je n'y ai pas pensé. Le troisième jeune homme a été également piqué avec les mêmes aiguilles.

– Vous pensez qu'ils ont été contaminés ? demanda Amira. Que sont-ils devenus ?

– Ils sont morts, quelques mois plus tard. Du sida. Vous savez, cette maladie venait d'apparaître en France et on ne comprenait pas très bien ce que c'était. Il y avait une longue période asymptomatique pendant laquelle les personnes atteintes ne développaient pas la maladie ; on disait qu'elles étaient séropositives. C'est d'ailleurs encore le cas. J'ai toujours pensé que le premier jeune homme sur lequel j'ai exercé l'acupuncture était déjà atteint du sida, mais qu'il l'ignorait. Les aiguilles ont pu transmettre le virus aux deux autres étudiants.

Autour de la table, chacun suivait le discours de la Présidente avec une attention extrême. On se demandait où elle voulait en venir exactement.

Marie-Noëlle Texier prit la parole :

– La quantité de sang sur une aiguille d'acupuncture est infime. Il est peu probable qu'elle suffise à entraîner une contamination.

– Certes, reprit Nathalie Granet. Mais c'est quand même une possibilité. Pendant des années, j'ai repensé à cette histoire. Je me suis dit que le premier jeune homme avait attrapé le sida par des rapports sexuels. La jeune fille était hémophile. Elle avait pu être victime du sang contaminé. Quant au troisième étudiant, rien ne dit qu'il n'était pas, lui aussi, déjà séropositif, et qu'au bout du compte ma terrible bévue n'a rien à voir avec leurs décès. Mais c'est impossible de le prouver.

Cette fois, ce fut Stéphane Grandmaurin qui prit la parole.

– Donc, si je comprends bien, le tueur pourrait être l'amant d'un des trois étudiants, qui aurait cru que c'est à cause de Nathalie que son amoureux, ou son amoureuse, est mort. Mais pourquoi les meurtres à l'aiguille ? Il aurait pu se contenter de faire remonter l'information, cela suffisait à mettre la Présidente en difficulté. Tuer dans des conditions aussi terribles trois jeunes innocents, cela paraît complètement disproportionné par rapport aux faits réels.

– Certes, répondit Amira, mais n'oubliez pas ce que nous savons du criminel : c'est un psychopathe, un sadique, quelqu'un qui prend plaisir à faire souffrir et à tuer. Et qui se croit le maître du monde, en réalisant plus de crimes et de pires crimes que ceux des tueurs en série qui l'ont précédé.

La Présidente s'était levée. Elle se tenait à nouveau debout devant la porte-fenêtre, regardant les jardins. Mais tous comprirent qu'elle pleurait. Ils restèrent silencieux, comme s'ils portaient sur leurs épaules la souffrance de cette femme, soudain devenue une personne comme une autre. Quand elle revint à la table, elle avait essuyé ses larmes. C'était une combattante, elle n'allait pas se laisser abattre. C'est Grandmaurin qui reprit la conversation.

– Une chose aussi est étrange : pourquoi le meurtrier aurait-il mis trente ans pour exercer sa vengeance ?

– Peut-être, dit Amira, parce qu'il a attendu d'être à la retraite, car il avait besoin de temps. Et maintenant que Mme Granet est présidente de la République, sa vengeance a beaucoup plus d'impact. Avoir la peau de la présidente de la République française, qui pourrait rêver de meilleur titre de gloire ? Je vais enquêter avec mon équipe auprès des proches des trois victimes à Metz. Leurs parents sont âgés maintenant, mais encore en vie pour la plupart. Ils n'habitent pas forcément à Metz, nous verrons. Nous chercherons également à retrouver des amis ou des amants de ces jeunes, à l'époque.

Pendant ces échanges, le commandant divisionnaire Bouvier n'avait rien dit. Amira Kerfi n'apportait pas la preuve que ses déductions étaient justes, mais c'était probable et l'hypothèse russe était balayée. Et Bouvier avait compris qu'Amira était désormais protégée par la Présidente.

Quand Amira se retrouva dehors, elle savait qu'elle avait gagné la deuxième manche. Mais elle n'en était pas fière pour autant. Elle avait été profondément émue par la détresse de la Présidente.

Elle constatait, avec tristesse, qu'une erreur banale commise dans la jeunesse pouvait avoir des conséquences terribles et empoisonner toute une vie.

33

Le lendemain, dès huit heures, Julien était debout. Il prit une douche dans le cabinet de toilette attenant à sa chambre, s'habilla et gagna la salle à manger. Il se demandait s'il devrait préparer le petit déjeuner mais tout était déjà sur la table, et Friedrich l'attendait. Friedrich lui demanda s'il avait bien dormi ; Julien répondit oui, ce qui était faux mais il ne voulait pas montrer de signe de faiblesse. En buvant son café, Friedrich l'interrogea sur le trafic de drogue. Comment cela s'organisait-il ? Julien fut surpris du côté direct de la question, mais il y vit un signe de confiance. Il expliqua comment il procédait, combien de fric il se faisait, les risques qu'il encourait. Friedrich cherchait à le jauger. Il allait avoir besoin de lui pour une mission difficile.

Julien était impatient de savoir ce que Friedrich allait lui demander. L'explication commença.

– Ce n'est pas pour rien que je t'ai raconté l'épisode de Toulouse avec Romain Raynaud. Je veux que la même chose se passe, mais cette fois que deux avions se percutent. Il faut qu'il y ait de nombreux morts. Tu es d'accord ?

– Oui, répondit Julien d'une voix un peu faible. Qu'est-ce que je vais devoir faire ?

– Je veux que Raynaud soit considéré comme responsable de l'accident. Ainsi il ne sera pas seulement renvoyé pour faute grave ; il aura affaire à la justice pour meurtres ayant entraîné la mort sans intention de la donner. Ça pourra lui coûter quinze ans. Tu as quel âge, Julien ?

– Dix-huit ans.

– À cet âge, tu peux être en terminale. Les élèves doivent faire des stages professionnels. Je propose que tu en fasses un (un stage bidon, mais peu importe) à la tour de contrôle de l'aéroport de Blagnac. J'ai déjà réuni tous les faux papiers nécessaires. Carte d'identité avec un nom d'emprunt, lettre du lycée, autorisation officielle du directeur de la tour de contrôle.

– Il faudra que tu te fringues bien et comme, malgré mon âge, j'ai à peu près la même taille que toi, je te passerai les vêtements qui conviennent.

Julien n'en attendait pas tant. Il avait un peu la trouille.

– Voilà comment tu vas procéder. Tu vas prendre l'avion pour Toulouse.

– Prendre l'avion ? Mais je n'ai jamais pris l'avion !

– Alors ça s'appelle un baptême de l'air ! La réservation est déjà faite pour dans une semaine. Tu seras accueilli à l'aéroport de Blagnac par Pierre Adamsky, l'ancien contrôleur qui rêve de se venger de Raynaud. Tu dormiras une semaine chez lui. C'est déjà convenu.

– Et qu'est-ce que je vais devoir faire ?

– Je veux qu'au moment où un petit avion d'affaires genre Cessna ou un avion-taxi sera sur le point de décoller, et qu'au même moment un gros-porteur s'apprêtera à atterrir, Raynaud se soit absenté de son poste. Tu te mettras aux commandes et tu diras au pilote de l'Airbus que la voie est libre, malgré la présence sur la piste du petit avion. C'est le moment le plus difficile, le plus hasardeux. Dans l'incident précédent que je t'ai raconté, le pilote du Cessna a remis les gaz parce qu'il a vu l'avion-taxi. Mais dans la majorité des cas, les pilotes de gros-porteurs ne voient pas ce qu'il y a sur la piste quand il s'agit d'un petit avion car les cockpits sont trop hauts.

Julien était flatté qu'on ait fait appel à lui et il se sentait valorisé par une telle mission. Et puis, il s'agissait de satisfaire Friedrich. Il ne se rendait pas compte de la difficulté de l'opération et du peu de chances qu'elle réussisse ; et, aussi, de ce qu'il risquait.

– Je n'ai pas fini. Tu passeras une semaine chez moi pour étudier tout ce qui concerne le travail d'un aiguilleur du ciel. Puis une semaine supplémentaire d'observation dans la tour de contrôle, aux côtés de Raynaud, en tant que stagiaire. Tu pourras ainsi, le soir, discuter avec Adamsky. Après ces quinze jours, tu en auras appris beaucoup et tu seras prêt à l'action.

– Mais comment je pourrai savoir à quel moment les deux avions seront face à face ? Et Raynaud, il s'absentera pas forcément au bon moment ?

– Tu poses les bonnes questions, répondit Friedrich. Cela montre bien que tu commences à comprendre. Pour le premier point, tu consulteras le plan de vol et tu sauras ainsi, à la minute près, quand tel ou tel avion atterrit ou décolle. Tu sauras aussi de quels avions s'occupe Raynaud, car il y a trois aiguilleurs dans la tour de contrôle. Le deuxième point est le plus délicat.

– Il faudra que j'attende que ce Raynaud aille aux toilettes. Comment être sûr qu'il ira ? Et surtout, comment être sûr qu'il ira au bon moment ?

Friedrich fit une pause. Il était content que Julien accroche si vite. Il n'était pas bête, ce garçon. Friedrich l'aimait bien ; et il avait terriblement envie de lui, mais ça, c'était une autre affaire. Il reprit :

– Environ un quart d'heure avant que l'Airbus n'arrive, tu feras absorber à Raynaud un diurétique. C'est un médicament qui fait pisser. Tu ajouteras un produit qui l'endormira pendant dix à quinze minutes. Raynaud aura soudain une envie irrépressible de pisser. Il ira aux toilettes et te laissera les commandes. Une fois dans les toilettes, et après avoir pissé, il aura une impression de forte fatigue et il éprouvera le besoin de s'allonger par terre. Cela te donnera le temps d'agir.

Julien écoutait avec une attention extrême. Il demanda :

– Pour prendre les médicaments, il faut qu'il boive ?

– Oui, bien sûr. Raynaud a rapporté d'un voyage en Égypte un goût immodéré pour le karkadé. C'est une boisson à base de fleurs d'hibiscus. Il s'en procure dans une épicerie orientale de Toulouse et il en a tout un stock dans son bureau. Tu lui en prépareras un verre.

– Et s'il n'en veut pas ?

– Au cours de la semaine que tu auras passée auprès de lui, tu auras pris l'habitude de lui en proposer un verre chaque matin. Il acceptera le karkadé comme il aura accepté les verres des jours précédents.

Tout semblait simple. Ça l'était en théorie. En pratique, c'était une autre histoire. Maxime Friedrich ne se sentait plus. Après ses succès, il pensait qu'il pouvait tout réussir. Julien ne se rendait pas compte des difficultés, tout à son excitation de jouer les James Bond.

C'était maintenant l'heure de déjeuner. Tout en mangeant, Friedrich expliqua à Julien qu'une mission comme celle-là, ça pouvait rapporter gros :

– Si la mission marche (c'est-à-dire s'il y a des morts), je te donnerai cinquante mille euros.

Cinquante mille euros ! Julien faillit avaler de travers. Le trafic de drogue lui rapportait beaucoup, mais pas autant, et de loin.

– Et tu auras, en plus, deux mille euros dès maintenant, si tu acceptes la mission. Ces deux mille euros, tu pourras les garder quoi qu'il arrive. Mais attention, si la mission échoue, je te punirai. Rassure-toi, je ne te tuerai pas, mais je te punirai.

Il y avait encore de nombreux points à évoquer mais Friedrich était dépassé par le désir sexuel qu'il éprouvait pour Julien. Il fantasmait sur le modèle maître-élève qui était celui de l'Athènes de l'époque classique, mais il savait qu'on était au XXIe siècle et que jamais un jeune hétéro de banlieue n'accepterait de coucher avec un homo, qui plus est de quarante ans plus âgé. Mais il n'allait pas lâcher l'affaire pour autant. Au cours du repas, il engagea la conversation sur le sujet, car il n'en pouvait plus :

– Je te trouve très beau, Julien. Très attirant.

Julien fit la grimace. Si Friedrich voulait coucher avec lui, c'était non.

– Rassure-toi, je ne te demande pas de baiser avec moi. Je sais que tu es hétéro à 100 %. Mais je te propose quand même un petit quelque chose.

Cette fois-ci, Julien était vraiment inquiet. Qu'est-ce que ce vieux détraqué sexuel allait lui demander ? Et est-ce qu'il serait contraint d'accepter pour avoir les cinquante mille euros ?

– Je vais te le dire franchement : j'ai envie de te faire une fellation. Juste ça, rien d'autre.

Au regard de Julien, Friedrich comprit qu'il ne comprenait pas le mot « fellation ».

– Une pipe, quoi. Je ne te toucherai pas. Mais tu ne refuseras pas un plaisir comme celui-là. Tu en as déjà profité de la part de tes copines ou des putes de ton quartier. Et tu sais quoi ? Les hommes sucent mieux que les femmes. C'est bien connu.

Julien était tenté. Il bandait déjà. Il pensa aux réactions de ses copains s'ils l'apprenaient ; il passerait pour une tarlouze… Mais personne ne le saurait.

– Ok, dit-il. Mais je ne veux pas me déshabiller.

34

Amira était arrivée le matin au poste de police de Metz avec trois de ses collaborateurs. Un travail préalable avait été fait pour retrouver les protagonistes de l'affaire des aiguilles à l'époque, et des rendez-vous avaient été pris. Par chance, les parents des jeunes qui avaient participé à la séance d'acupuncture habitaient toujours Metz ou sa région. Amira se rendit avec Mourad et deux policiers locaux chez les parents du premier jeune, qui s'appelait Philippe Grandjean et qui était mort à vingt-trois ans. Les deux autres collaborateurs allèrent à Thionville où vivait la mère, devenue veuve, de la jeune fille décédée à vingt-trois ans également, Annie Sprenger. La visite chez les parents du troisième jeune, Éric Romang, aurait lieu dans l'après-midi.

Les Grandjean étaient des retraités tranquilles qui habitaient un pavillon bien tenu situé à Peltre, une commune de la banlieue de Metz aux allures de village. Ils accueillirent Amira et les trois autres avec amabilité, leur proposèrent un café. Les nombreuses photos de Philippe montraient qu'ils ne s'étaient jamais remis de la mort de leur fils. La visite des policiers était l'occasion, rare, de parler de lui. Il y avait aussi des photos d'un couple avec deux enfants à des âges différents. C'était la famille de leur fille, la sœur de Philippe. Amira mit les formes pour s'adresser à eux.

– Vous avez entendu parler des crimes qui ont été commis récemment, et particulièrement des meurtres à l'aiguille. C'est sur cette affaire que nous enquêtons. Nous pensons qu'il peut y avoir un lien entre ces assassinats et la mort de votre fils.

Les parents de Philippe, étonnés, attendaient d'en savoir plus.

– C'était il y a longtemps bien sûr. Votre fils est mort du sida ?

– Oui, il a fait partie des premières victimes, répondit la mère. À l'époque, il n'y avait aucun traitement.

Il fallait bien poser une question difficile. Amira s'efforça de le faire avec douceur.

– Savez-vous comment votre fils a été contaminé ?

Il y eut une pause. Les deux parents se regardèrent. Les quatre policiers les impressionnaient, mais ils voulaient aller jusqu'au bout. C'est le père qui prit la parole.

– Oui. Il a été contaminé par voie sexuelle. Vous comprenez, Philippe était homosexuel.

– Nous l'ignorions, continua la mère. Nous l'avons appris quand il est tombé malade. Quand il nous en a informés, il était séropositif depuis plusieurs mois.

– Philippe vous a-t-il dit à l'époque qu'il suivait un traitement d'acupuncture ?

Les parents se regardèrent à nouveau. Le père répondit.

– Un traitement d'acupuncture ? C'est cette médecine chinoise par des aiguilles ? Ah oui, je comprends, vous pensez qu'il peut y avoir un lien avec les meurtres de ces derniers temps ? Non, il ne nous a rien dit de tel. En tout cas, je ne m'en souviens plus. Et toi, Janine, tu te rappelles ?

– Non. Il n'a jamais parlé de ça.

– Est-ce qu'il connaissait Nathalie Granet ?

– Pas plus que ça, répondit la mère. À l'époque, c'était une étudiante parmi d'autres. Philippe faisait sa médecine et Mme Granet était dans la même section. Mais il ne nous en a jamais parlé.

Ces informations étaient suffisantes pour Amira. Elle posa néanmoins quelques questions sur Philippe, pour que les parents puissent parler de lui. Et les enquêteurs prirent congé.

L'après-midi, le groupe d'enquêteurs se rendit chez la mère d'Éric Romang, le troisième jeune ; elle habitait seule dans un petit appartement du centre-ville de Metz. Si on pouvait en juger par le nombre de photos d'Éric, elle vivait dans le souvenir de son fils unique, mort à vingt-deux ans, du sida, comme les deux autres jeunes. Le dialogue fut difficile. Mme Romang pleurait beaucoup.

– Si j'avais su qu'il était homosexuel, je l'aurais compris. Son père peut-être moins mais il n'était pas obligé de le lui dire. J'adorais mon fils, vous comprenez ? Il était passionné d'histoire et avait commencé de belles études. Il est mort huit mois après l'annonce de sa séropositivité. C'était un beau garçon, si gentil !

Mme Romang ne savait plus très bien si elle évoquait le vrai Éric, ou celui que sa mémoire et sa peine avaient construit au fil des années. Quand Amira demanda s'il avait suivi un traitement d'acupuncture, la mère répondit qu'elle n'en savait rien. Elle ne fut pas non plus en mesure de donner des noms des partenaires qu'il avait eus. Les enquêteurs partirent, laissant Mme Romang à cette tristesse qu'elle portait depuis trente ans.

En fin d'après-midi, les enquêteurs firent le point. C'était sur Éric Romang qu'il fallait se concentrer. En effet, en supposant que les jeunes aient été contaminés par les aiguilles de Nathalie Granet, Philippe Grandjean devait être séropositif avant la séance d'acupuncture. Il n'était donc pas concerné. Annie Sprenger avait attrapé le sida par des transfusions de sang contaminé ; c'est ce que confirma sa mère. Quand ? On ne pourrait jamais le savoir, mais il est probable qu'elle était déjà séropositive quand eut lieu la fameuse séance dans la chambre de Nathalie Granet. Restait Éric. Il fallait rencontrer des hommes avec qui il avait eu des relations sexuelles ; l'équipe d'Amira et les flics de Metz avaient beaucoup cherché, et ils en avaient trouvé deux : un qui vivait à Metz et un autre qui s'était établi à Marseille. Il faudrait aller là-bas pour l'interroger. Amira proposa à Mourad de faire le déplacement. Il y avait un vol au départ de Strasbourg. Il pourrait faire l'aller et retour dans la journée.

C'était intéressant de voir ce qu'étaient devenus ces jeunes hommes qui avaient eu, l'un et l'autre, de nombreux partenaires quand ils étaient étudiants. L'un avait fondé une famille et menait une vie rangée. L'autre, celui de Marseille, s'était marié avec le compagnon avec lequel il vivait depuis des années.

Mourad eut quelques difficultés à trouver l'appartement de Gérard Glaeser. C'était à proximité du Vallon des Auffes, un endroit pittoresque typique de Marseille. Mourad invita Glaeser à déjeuner dans un restaurant du petit port. Gérard Glaeser avait la cinquantaine ; son histoire avec Éric Romang remontait à une trentaine d'années. Il avait gardé le souvenir de ce garçon plein d'enthousiasme et d'énergie, un beau garçon sportif qui draguait beaucoup. Leur histoire n'avait pas duré longtemps. Glaeser se souvint tout particulièrement qu'un étudiant en lettres classiques lui courait après. Apparemment, Éric n'était pas plus intéressé que ça, mais l'étudiant en question était très amoureux. Glaeser chercha son nom dans sa mémoire.

– Jean-François Zeller ; oui, c'est ça. Je me souviens qu'il avait des idées qui ne plaisaient pas à Éric.

– Avez-vous entendu parler de séances d'acupuncture ? demanda Mourad.

– Non, jamais. Il y en a eu ?

De retour à la brigade, Amira se dit qu'il fallait mettre la main sur ce Zeller. Elle n'eut pas de mal à retrouver sa trace. Il avait enseigné dans divers lycées, finissant sa carrière à Strasbourg. Elle découvrit qu'il avait été un collègue de Swann ; il faudrait qu'elle lui en parle. Étrangement, c'est qu'à partir du moment où il avait pris sa retraite, on ne savait pas ce qu'il était devenu. Parti à l'étranger peut-être ? Amira mit Interpol sur le coup.

35

L'erreur de Friedrich fut de confier une opération aussi hasardeuse et aussi complexe que celle de Blagnac à un jeune sans éducation ni expérience. Il l'avait fait parce qu'il était terriblement attiré par ce beau jeune homme aux allures de voyou, et qu'il pensait l'acheter en lui proposant de l'argent et une mission excitante. Mais l'opération tourna au fiasco.

Friedrich avait décidé de se passer d'adresse IP, d'adresse e-mail, d'inscription sur les réseaux sociaux, bref de tout mode de communication qui pourrait l'amener à se faire repérer. Ainsi, dès son départ pour Toulouse, le 31 juillet, Julien fut livré à lui-même ; impossible d'appeler Friedrich si quelque chose allait mal. Il s'était habillé comme un garçon d'un bon milieu, il pouvait passer pour un étudiant ou même pour un jeune cadre. Il avait pris un TGV direct pour Charles de Gaulle, et il commença par rater son avion. Il n'était jamais entré dans un aéroport et il n'avait pas su trouver son comptoir. Il prit l'avion suivant, Adamsky l'avait attendu.

Il passa la soirée avec Adamsky et sa femme. Il avait suffisamment potassé les missions de contrôleur aérien pour faire illusion auprès de son hôte. Le lendemain matin, Adamsky l'emmena à la tour de contrôle. Il aurait pu remarquer les hésitations de

Julien mais il n'y prêta pas attention. Julien monta au poste de travail, rencontra Raynaud qui lui fit un bon accueil. Un étudiant passionné d'aéronautique, c'était plutôt sympathique. Julien se tenait à ses côtés, il apprenait beaucoup. Une semaine de ce régime et il serait en mesure de remplacer Raynaud.

Le soir, Julien retrouvait Adamsky qui le ramenait chez lui. Adamsky et Raynaud, chacun à sa façon, avaient plaisir à aider ce jeune homme si désireux d'apprendre. Ils ne remarquèrent pas la manipulation. Tout se présentait bien.

Le jour où l'opération devait se dérouler, Julien avait ses drogues. Il proposa, comme il l'avait fait chaque jour précédemment, un verre de karkadé à Raynaud, qui accepta. Dans le verre, il y avait le diurétique et le calmant. Quelques minutes plus tard, les deux avions devaient se trouver face à face et c'est Raynaud qui était chargé de les guider. Très vite, Raynaud dit à Julien qu'il avait une envie irrépressible de passer aux toilettes.

– Remplace-moi, Julien. Tu sais ce qu'il faut faire. Entre en contact avec l'Airbus d'Air France qui atterrit dans deux minutes. Fais attention : il y a aussi un avion-taxi qui doit décoller.

Dans les toilettes, Raynaud pissa, mais ressentit aussi une fatigue telle qu'il dut s'allonger par terre. Le problème, c'est que la dose de calmant était trop forte. Raynaud s'endormit et rien n'indiquait qu'il allait se réveiller bientôt.

L'Airbus faisait son approche. Julien dit au pilote que la voie était libre. L'appareil se posa. Le pilote ne vit l'avion-taxi qu'au dernier moment. Trop tard pour redécoller. Pour éviter le petit avion, il vira à droite. L'Airbus glissa sur la piste et se retrouva dans un champ. Il n'y eut pas de choc. Les passagers furent secoués mais aucun ne fut blessé. Et dans l'avion-taxi, aucun dommage.

Toute une armada de véhicules de pompiers et de police arriva très vite sur la piste de l'aéroport. Julien se rendit compte qu'il avait raté son coup. Les deux autres contrôleurs présents dans la tour de contrôle le regardèrent. Ils se demandaient pourquoi c'était ce jeune stagiaire qui avait géré l'opération. Et pas Raynaud. Où était-il ?

Comme il était prévu, Julien partit très vite. Dans l'aéroport, il se dirigea vers les bus pour aller à la gare de Toulouse et regagner Paris. Mais il fut stoppé par deux flics qui avaient son signalement et qui l'arrêtèrent. Quant à Raynaud, une ambulance l'emmena, encore endormi, au CHU de Toulouse où les prises de sang furent sans équivoque.

À l'heure prévue pour le crash, Friedrich était devant son écran de télévision. « Accident à l'aéroport de Blagnac. ». Cela commençait bien. Mais le reportage montrait que l'Airbus avait évité l'avion-taxi et qu'il n'y avait ni blessé ni mort. L'opération avait échoué.

Les conséquences furent préjudiciables pour Raynaud, qui n'avait pas à s'éloigner de son poste de commande. Mais ses avocats auront beau jeu de mettre en avant les analyses de sang. On avait drogué leur client. Le responsable, c'était donc ce jeune homme. Il encourait la perpétuité.

Après un tel échec, les choses risquaient de mal tourner pour Friedrich. Il décida de quitter sa maison d'Alsace. Il avait loué, sous un faux nom, une sorte de cabane de pêcheur dans la région de Châteaudun, dans la Beauce, au bord d'une petite rivière qui s'appelait la Conie. Il fallait partir vite. Tout était prêt, et on ne risquait guère d'aller le chercher là-bas. Il ferma la maison, laissa la Mercedes et partit au volant de la Clio. Il avait mis de fausses plaques d'immatriculation et il s'était fait faire de nouveaux faux papiers.

36

Friedrich avait préparé sa planque depuis longtemps. Plusieurs mois avant le premier meurtre à l'aiguille, il avait loué la cabane de pêcheur. Il avait fait l'acquisition d'un grand congélateur qu'il avait rempli de plats préparés ; il s'était procuré de nombreuses bouteilles de whisky. Il s'agissait de pouvoir tenir plusieurs semaines sans se faire voir au supermarché. Il n'avait pas Internet, ni même la télévision ; son seul lien avec l'extérieur serait la radio.

Il était convaincu que Julien allait parler. Par vengeance. Il l'avait peut-être pris en photo à son insu, pendant son sommeil ? Quelle idée d'être tombé amoureux de ce petit merdeux de banlieue... Maintenant, le portrait de Friedrich – retrouvé sur le portable de Julien – allait circuler partout, la police envahirait sa maison alsacienne... Ses plans étaient bousculés. Il faisait une fixation sur Nathalie Granet, il savait que la révélation des lettres de revendication l'avait mise en grande difficulté mais il voulait aller plus loin pour la détruire en la faisant souffrir le plus possible.

Il lui en voulait de la mort d'Éric. Éric, sa grande passion. Jamais il n'avait aimé quelqu'un à ce point. Et Granet lui avait refilé le sida avec ses foutues aiguilles... et pas seulement à Éric. À lui aussi, car Éric l'avait contaminé. Il avait eu la chance, comme une minorité de séropositifs, de passer entre les gouttes et de ne pas développer la maladie, mais il avait vécu, et vivait toujours, dans l'inquiétude et dans l'obligation de suivre des traitements quotidiens.

Et maintenant, voilà qu'il était seul. Éric mort depuis longtemps, Julien en taule… Il allait continuer le combat contre la Présidente, mais à mains nues désormais, et dans l'angoisse de se faire pincer. Mais ce n'était pas le moment, ni son genre, de s'apitoyer sur lui-même. Il se donnait deux ou trois jours de repos ; après, il agirait. Et la Granet, il l'aurait !

Julien, menotté et encadré par deux policiers, fut conduit à Strasbourg en avion. C'était une prise majeure. On n'était pas encore certain du lien avec les meurtres à l'aiguille, mais on s'en doutait. Il fallait interroger le suspect, qui, dans l'avion, s'était mis à pleurer.

37

Tout comme Sylvie Besson, la présidente de la République avait trois enfants. C'est sur les bancs de la fac de médecine qu'elle avait rencontré Nicolas, son futur mari, un bosseur comme elle. Il s'était spécialisé en oncologie pédiatrique et avait créé, des années plus tard, à Paris, un centre de recherche, l'institut Alfred-Donné, qui avait acquis une réputation internationale, et le professeur Nicolas Granet passait une bonne partie de son temps dans les avions, invité à des conférences dans le monde entier.

Le professeur avait préféré habiter dans l'appartement de l'institut plutôt qu'à l'Élysée, même si sa fonction d'époux de la Présidente avait bouleversé ses emplois du temps. Les Français le connaissaient peu, il avait tenu à rester discret, ce qui fait que le couple se voyait rarement. C'était le prix à payer pour des carrières aussi prestigieuses et aussi prenantes.

L'aînée des Granet, Audrey, avait suivi les traces de son père et, à vingt-neuf ans, finissait sa médecine, avec une spécialisation en cancérologie. Son mari, Bruno Cordier, était le maire d'Argenteuil. Âgé de trente-huit ans, il était le plus jeune maire de France d'une commune de plus de cent mille habitants.

Le couple vivait dans cette commune, la quatrième plus peuplée d'Île de France. Ils n'avaient pas d'enfants.

Agathe, la deuxième fille, vingt-sept ans, était professeur des sciences de la vie au lycée Victor-Hugo de Colomiers près de Toulouse. Son compagnon, Romain Raynaud, était le contrôleur aérien que Julien Farge aurait dû rendre responsable de l'accident de Blagnac. Ils avaient deux enfants, une fille, Laura, sept ans, et un garçon, Baptiste, cinq ans. Ils habitaient Colomiers.

Quant au plus jeune, Lucas, vingt ans, il était parti faire ses études à Londres. Il avait choisi le commerce international. Il n'avait pas de petite amie et ses parents le soupçonnaient d'être gay mais n'avaient jamais osé lui en parler. Ils pensaient qu'il s'était expatrié pour mieux vivre sa sexualité, mais en vérité ils n'en savaient rien.

38

Maxime Friedrich se servit un deuxième whisky. Il prit un carnet et commença à inscrire les noms des membres de la famille de la Présidente, y compris ses petits-enfants. C'était comme un jeu de cartes ; il savait à qui il allait s'attaquer à présent, et qui il attaquerait ensuite. Il avait tout planifié. Le mari de Nathalie Granet l'intéressait beaucoup. Il s'occupait d'enfants atteints du cancer. Un domaine qui, plus que tout autre, sensibilisait le grand public. L'idée de Friedrich n'était pas de tuer Nicolas Granet, mais de créer un accident sanitaire dont le professeur serait considéré comme responsable. Il faudrait que des enfants meurent. Cette idée lui procurait un plaisir étrange.

À l'institut Alfred-Donné, il y avait, ce jour-là, une décontraction inhabituelle. On était la veille du week-end de début août et des vacances d'été. La plupart des médecins – ils étaient huit (quatre hommes, quatre femmes) – allaient pouvoir décrocher. Seuls deux d'entre eux resteraient pour assurer la permanence, en même temps que quelques infirmiers et laborantins, et l'une des secrétaires. La plupart des enfants allaient chez leurs parents ; seuls les plus atteints restaient confinés. Comme toute la France, l'institut fonctionnerait au ralenti.

L'institut Alfred-Donné était situé à proximité du parc des Buttes-Chaumont, à Paris, dans un immeuble moderne entièrement dédié à ses activités, mis à disposition par la ville de Paris. Il y avait quatre étages : le rez-de-chaussée, le premier et le second comprenaient des chambres, dont chacune disposait d'un espace où les parents pouvaient dormir, et trois salles d'opération, le troisième était occupé par des laboratoires de recherche et, au quatrième, dominant les cèdres du parc, c'étaient l'appartement privé du directeur et les salles d'étude des cancérologues. L'institut, qui tirait son nom d'un médecin reconnu comme le premier à avoir décrit la leucémie, avait été créé par le professeur, une dizaine d'années plus tôt.

On y traitait exclusivement les enfants et les adolescents atteints de leucémie ou d'autres formes de cancers du sang. Un établissement hautement spécialisé donc, qui était confronté quotidiennement à la maladie et à la mort. Y travailler était à la fois un honneur et une terrible contrainte.

Quelques mois plus tôt, Maxime Friedrich, qui ruminait son plan, avait visité l'institut, se faisant passer pour un journaliste suisse travaillant pour le quotidien Le Temps. Il s'était fait mentalement un plan du bâtiment. Lors de sa visite, au cours de laquelle, volontairement, il n'avait pas rencontré le professeur, il avait habilement sympathisé avec la chargée de communication ; il avait obtenu de nombreuses informations, que la jeune fille, très chaleureuse, avait communiquées sans méfiance. Ainsi, Friedrich apprit que le professeur Granet ne partait en vacances que le 3 août et qu'il rejoindrait son épouse au fort de Brégançon, la résidence d'été des présidents de la République. C'est pendant l'absence du professeur que Friedrich comptait agir. Il parvint à obtenir le nom d'une petite malade. La chargée de com expliqua que, pour rencontrer un enfant, il fallait s'adresser à l'avance au secrétariat et avoir une bonne raison – un lien de famille, par exemple – pour que la demande soit acceptée. De plus, il fallait revêtir une tenue adaptée.

Comme tous les membres de la famille de la Présidente, son mari bénéficiait d'une protection policière vingt-quatre heures sur vingt-quatre. Deux agents en permanence qui se relayaient à l'institut, réduits à un seul quand le professeur était absent ou en vacances. Friedrich savait tout cela. Il avait l'intention de pénétrer dans le bâtiment en se faisant passer pour le père ou l'oncle d'un des enfants hospitalisés ; son idée était de tuer, en l'étouffant, un premier enfant, puis, dans la foulée, un deuxième, et enfin un troisième. De quoi détruire définitivement la réputation du professeur Granet.

Il fallait qu'il entre dans l'institut quand la chargée de communication était en vacances, sinon, elle l'aurait reconnu. Il fallait aussi qu'il supprime l'unique garde du corps présent en l'absence du professeur, et c'est pourquoi il apporterait un revolver muni d'un silencieux. Il devait être prêt à tuer d'autres personnes, des infirmières ou des médecins, s'il était pris en train d'étouffer un enfant. Cette fois, il n'allait pas déléguer l'opération.

Seul dans sa cabane de pêcheur, assis sur la petite terrasse donnant sur la rivière, Friedrich pensait au parcours qu'il avait fait depuis le premier meurtre, il y avait moins d'un mois. À part l'opération de

Blagnac – mais quelle idée d'avoir fait confiance à ce petit con de Julien – tout avait parfaitement marché. Un tumulte médiatique entourait la Présidente, maintenant que les lettres de revendication avaient été rendues publiques. Elle aurait bien du mal à s'en sortir. Et lui ? Il finirait bien par se faire prendre. À l'âge qu'il avait, il passerait une quinzaine d'années en taule. Il pourrait, enfin, traduire tranquillement Empédocle ! Et il laisserait la trace du plus grand criminel de France en temps de paix. Il pensait à la phrase célèbre de *Macbeth* : « J'ai marché si loin dans le sang que, si je ne traverse pas le gué, j'aurai autant de peine à retourner qu'à avancer. » Oui, il fallait aller jusqu'au bout.

Le 9 août, il partit en 208, grimé comme il l'avait été lors de sa visite à l'île de Ré, avec, dans le coffre, un véritable arsenal. Des armes à feu, des menottes, des chaînes. On ne sait jamais ce qui pourrait se passer et de quoi il aurait besoin… Arrivé à Paris, Il gara la voiture le long d'un trottoir à proximité du parc des Buttes-Chaumont et se dirigea à pied vers l'hôtel où il avait réservé une chambre pour plusieurs nuits. C'était un trois-étoiles situé au sud du parc, près de l'entrée principale. Il comptait attendre le lendemain pour agir. Ses plans étaient complètement bousculés. L'opération Blagnac avait échoué, ce qui en soi n'était pas très grave, sauf que Julien avait tout déballé et que Friedrich était désormais repéré. Il se doutait bien que les flics avaient envahi sa maison alsacienne. Ils savaient qui il était, ils avaient son portrait. Ça risquait de tourner mal, et vite.

Malgré le tour que prenaient les événements, le lendemain matin, le 10 août, il alla tranquillement à l'institut Alfred-Donné. Il se fit connaître à l'accueil, se présentant comme l'oncle d'une petite malade. On lui demanda sa carte d'identité, la secrétaire vérifia que le rendez-vous avait bien été pris et on le pria de revêtir une tenue aseptisée le couvrant entièrement. Il se dirigea vers l'un des couloirs et il pénétra dans une chambre où un enfant dormait. C'était une petite fille de huit, neuf ans, qui avait perdu ses cheveux mais qui semblait apaisée. Il n'y avait personne d'autre dans la chambre.

Friedrich se saisit de l'oreiller sans réveiller l'enfant et il s'apprêtait à l'appuyer sur son visage quand il entendit les bruits de plusieurs voitures. La chambre donnait sur la rue ; il souleva le store et vit une dizaine de véhicules, des berlines de marque française, de prix et de couleur noire, et des véhicules de police, qui convergeaient vers l'entrée de l'institut. Des flics en civil et en tenue, des vigiles de sociétés privées, quelques hauts fonctionnaires sortirent des voitures et pénétrèrent dans l'institut. Friedrich comprit tout de suite que ce n'était pas à lui qu'ils en avaient. La présence des hauts fonctionnaires signifiait qu'on préparait une visite importante ; la présidente de la République, sans aucun doute. Nathalie Granet avait dû souhaiter, avant de partir pour le fort de Brégançon, faire une visite à l'institut de son mari. Elle n'y était allée qu'une fois, le jour de l'inauguration, quand elle était encore ministre. Son service de sécurité préparait son arrivée. Très vite, tout l'institut serait bouclé. Friedrich prit peur. Comment allait-il s'en sortir ?

TROISIÈME PARTIE

39

Après le séjour mouvementé de l'île de Ré, Amira Kerfi avait besoin de vraies vacances. Elle s'en serait peut-être passée si ce n'était pour Swann. Comme tous les profs, il avait deux mois de congé et il n'avait pas très envie de rester tout ce temps dans l'appartement de Strasbourg. Il avait bien pensé aller une semaine ou deux dans la famille de son frère, qui habitait Bénodet, mais il hésitait à quitter Amira. Parce qu'il l'aimait bien sûr, parce qu'il adorait dormir avec elle, mais aussi parce qu'il avait le sentiment, malgré l'impression de force qu'elle donnait, qu'elle avait besoin d'être protégée. Ils décidèrent d'aller une semaine – c'était déjà beaucoup – à Fès, chez les parents d'Amira. Comme pour le séjour à l'île de Ré, la condition, c'était qu'Amira emporte son ordinateur et continue à travailler à distance.

À l'institut Alfred-Donné, Friedrich se cacha dans la petite salle d'eau attenante à la chambre de l'enfant, mais il se doutait bien que les locaux seraient fouillés avant l'arrivée de la Présidente. Il fallait se sauver. Lors de sa première visite, il avait repéré les lieux et il savait qu'il y avait une sortie de secours au bout du couloir. En s'y prenant très vite, il avait le temps d'y accéder.

Munis de tout un matériel de détection, les flics et les vigiles avançaient dans les couloirs et dans les escaliers. Friedrich courut jusqu'à l'issue de secours et se retrouva dehors, sans se faire prendre. Ça s'était joué à quelques secondes. Il enleva sa tenue et la jeta dans une poubelle de rue. Quand l'ensemble de l'institut fut sécurisé, la Présidente arriva avec son mari. Il y avait, dans le hall, une exposition de dessins des enfants hospitalisés intitulée « Autoportraits ». Les enfants avaient réalisé leur propre portrait et s'étaient représentés, le crâne chauve ou revêtu d'un foulard. Ces portraits donnaient une impression de joie, les enfants s'étaient montrés souriants. D'ailleurs, l'atmosphère de l'institut n'était pas au pathos ; les petits malades avaient une telle rage de vivre que leur énergie irradiait dans tout l'établissement.

Nathalie Granet s'attarda sur ces portraits. Le personnel soignant était doublement heureux d'échanger avec elle : parce qu'elle était la présidente de la République, et aussi parce qu'elle était médecin. Quand elle se dirigea vers les chambres, Friedrich avait déjà rejoint sa voiture et il roulait vers l'aéroport de Roissy. C'était un des plans auxquels il avait pensé s'il se trouvait en difficulté, à savoir partir à l'étranger et passer à la chirurgie esthétique pour changer son apparence. Arrivé au terminal 1, il gara sa voiture sur le parking longue durée et se dirigea vers le hall.

Sur les écrans, il regarda les avions en partance. L'un des prochains était un vol Royal Air Maroc pour Casablanca. Il avait entendu dire que les cliniques marocaines excellaient dans la chirurgie esthétique. De plus, il avait des contacts au Maroc avec des représentants des réseaux mafieux locaux, qu'il avait pris pendant sa période de préparation de ses crimes. Certes, il savait que c'était Amira Kerfi qui pilotait l'enquête le concernant, et qu'elle était d'origine marocaine, mais cela n'importait pas et l'amusait plutôt. Il acheta un aller simple en classe affaires, présenta son faux passeport et rejoignit la salle d'embarquement. Il était le seul passager à n'avoir aucun bagage. Peu importait. Il avait du fric, beaucoup de fric. En attendant le départ de son avion, il appela d'un téléphone de l'aéroport l'un des contacts qu'il avait à Casablanca ; il voulait qu'on lui indique un chirurgien susceptible de l'opérer sans poser de questions ; et, une fois son apparence modifiée, il fallait qu'on change la photo de son passeport. Il ne resterait au Maroc que le temps de l'opération et de la convalescence. Il reviendrait le plus vite possible en France, méconnaissable, pour avoir la peau de Nathalie Granet. Sa haine était intacte.

Arrivé à Casablanca, il prit un taxi et demanda au chauffeur de le conduire dans un des meilleurs hôtels de la ville. C'était la fin d'après-midi. Il se promena dans le centre, prit un verre puis dîna dans un restaurant de cuisine marocaine. Il se sentait soulagé.

Le lendemain matin, il se rendit à l'adresse de la clinique où exerçait le chirurgien. C'était un bâtiment moderne dans un quartier résidentiel. Il demanda à la secrétaire de l'accueil à voir le docteur d'urgence. Friedrich était français, il portait beau ; elle le pria de patienter dans la salle d'attente ; le chirurgien le reçut un quart d'heure plus tard, avant les quatre ou cinq personnes qui attendaient leur rendez-vous.

Friedrich expliqua qu'il voulait un changement complet d'apparence. Tout en parlant, il avait sorti une liasse de billets. Le chirurgien comprit qu'il avait affaire à un malfrat ; cela ne le gênait pas.

Amira et Swann s'étaient installés dans la famille, à Fès. Amira soufflait enfin. Elle avait quitté la France en pleine crise politique. Heureusement pour la Présidente, c'était la trêve estivale mais la rentrée serait terrible. Amira était épuisée ; il lui faudrait deux ou trois jours pour commencer à se libérer du stress accumulé depuis plusieurs semaines. L'atmosphère de la maisonnée ainsi que les nombreux enfants qui adoraient leur tante allaient l'y aider. Elle retrouvait son enfance, la chaleur d'une famille. Elle avait pris une direction totalement différente de ses frères et sœurs ; elle ne le regrettait pas, mais elle se rendait compte qu'elle n'avait pas choisi la voie la plus facile. Quant à Swann, il adorait jouer et rire avec les enfants. Il était fait pour être père, et, une fois de plus, Amira le constatait.

Ce n'était pas la première fois que le chirurgien avait affaire à une personne poursuivie par la police. Friedrich insista sur ce qu'il voulait et ce pour quoi il était prêt à payer une grosse somme, à savoir un changement complet d'apparence. Le chirurgien expliqua comment les choses allaient se passer. L'intervention nécessitait une anesthésie générale, on pouvait quitter la clinique au bout de deux jours mais il fallait bien deux semaines pour qu'on puisse enlever les pansements, et deux à trois mois pour qu'il n'y ait plus la moindre trace de l'opération. Il y avait aussi des risques, mais Friedrich écoutait d'une oreille distraite ; il était décidé quoi qu'il arrive.

Il lui fallait un appartement où il pourrait passer sa convalescence, avec une aide quotidienne. Le chirurgien pouvait arranger ça. Le coût de tous ces soins était très élevé, mais c'était quand même nettement moins cher qu'à Paris, et la discrétion était assurée. L'intervention pouvait avoir lieu trois jours plus tard. Friedrich obtint la garantie qu'il serait méconnaissable.

L'opération dura quatre heures et quand ce fut terminé, il avait le visage couvert de bandages. Il attendit quelques jours, puis contacta un professeur de chant qui lui fit travailler sa voix de manière à la rendre plus grave ; ne pouvant sortir pendant deux semaines, il s'exerça à modifier sa stature et sa gestuelle. Il devint légèrement voûté, avec des mouvements plus lents. Il se mit à manger plus, et plus gras, pour prendre quelques kilos. Quand le chirurgien enleva les bandages, le résultat était spectaculaire. Le nez et le menton avaient été raccourcis, les joues creusées, les paupières étirées, le front allongé ; en ajoutant les verres de contact, la teinture des cheveux, et les vêtements entièrement renouvelés, c'était vraiment un autre homme. Au bout de la période de confinement, les cicatrices n'avaient pas totalement disparu mais il était sortable. Il se rendit à l'adresse de son contact, lui remit son passeport et se fit photographier ; le nouveau passeport serait prêt sous vingt-quatre heures. Puis il acheta un billet pour Paris mais décida, avant de prendre l'avion, de faire un peu de tourisme. Deux jours plus tard, après avoir récupéré son passeport, il prit le train pour Fès, où il avait réservé une chambre pour trois nuits. Le lendemain de son arrivée, il commanda un taxi pour Moulay Idriss, une petite ville ancienne proche de Volubilis, la célèbre cité romaine.

Le même jour, Amira et Swann avaient décidé eux aussi de visiter Volubilis. Ils ne connaissaient pas ce site antique le plus célèbre du Maroc, et empruntèrent la voiture d'un des frères d'Amira pour y aller. C'est en se promenant dans les ruines, sous la chaleur écrasante, qu'ils croisèrent Friedrich. Celui-ci identifia tout de suite Swann, qui avait été son collègue, et devina que la jeune femme qui l'accompagnait était l'enquêtrice de Strasbourg. Mais Swann, en revanche, ne reconnut pas Friedrich. C'était un bon signe, cela montrait que la transformation était réussie. Friedrich se dit qu'il avait là une occasion exceptionnelle de parler avec la policière, histoire d'en apprendre un peu plus sur l'enquête. Mais comment faire ? Il fallait trouver un prétexte pour faire connaissance.

40

La Présidente passa plusieurs heures à l'institut Alfred-Donné. Après les attaques dont elle était l'objet, elle avait l'impression d'être dans une bulle. Sa visite terminée, elle fut conduite, avec son mari, sa fille aînée et le mari de celle-ci, à l'aéroport du Bourget où ils prirent l'avion présidentiel pour le sud de la France. Ils devaient passer dix jours au fort de Brégançon.

Elle aurait le temps de réfléchir à la façon dont elle pourrait rebondir à la rentrée. Les faits, malheureusement, ne lui laissaient guère de marge de manœuvre. Les Français, pour la plupart, la considéraient comme responsable des meurtres, pour avoir ignoré les menaces du tueur. Et, pire que tout, celui-ci n'avait pas été arrêté ; il risquait de continuer ses crimes. À l'étranger, on s'étonnait de voir un grand pays comme la France incapable de mettre la main sur le criminel. Amira Kerfi, qui s'était beaucoup mise en avant dans cette affaire, risquait, elle aussi, d'en payer le prix.

À Volubilis, Friedrich suivait Amira et Swann à distance ; Il aurait bien voulu entendre ce qu'ils se disaient. Il se doutait qu'à un moment ou à un autre, ils voudraient boire quelque chose. Il y avait plusieurs cafés-restaurants en lisière du parc archéologique.

Ce serait peut-être le moment de les aborder. Il attendit donc et en effet, après peu de temps, le couple s'arrêta et s'assit à une table pour boire un verre.

Ils étaient détendus. Swann se moquait d'Amira.

– Tu me racontes tous tes exploits, tes rencontres avec la présidente de la République, tes déplacements à Minsk, à Haguenau, à Metz, à Hossegor, mais finalement, ce n'est pas grâce à toi qu'on a identifié le tueur. Ce sont les aveux du petit mec de Blagnac qui ont permis de le retrouver !

– C'est vrai, tenta de se justifier Amira. Les enquêtes se passent souvent ainsi. C'est parfois un simple détail, un indice, un témoignage, quelquefois des années plus tard, qui permettent de retrouver un criminel – et cela, malgré le travail colossal mené par les policiers. Mais ce travail n'est jamais inutile. Il apporte une multitude de faits qui seront indispensables au moment du procès.

– Au moment du procès ? reprit Swann. Mais vous n'avez pas encore attrapé le coupable ! Et il risque de tuer encore !

– Tu veux vraiment me gâcher mes vacances ? demanda Amira dans un sourire.

Elle savait qu'au fond, Swann était fier d'elle. Il l'observait avec son regard incroyablement amoureux. Ils avaient retrouvé cette complicité qui avait failli disparaître quand Amira avait eu le béguin pour Cédric.

Friedrich vint s'asseoir à une table proche. Il se tourna vers Amira et, s'adressant à elle :

– Excusez-moi… Vous êtes marocaine ?

– Euh... oui ! Oui, bien sûr…

– Je ne voudrais pas vous déranger, mais vous allez peut-être m’aider. Puis-je vous poser une question ?

Amira ne soupçonnait pas une seconde qu’elle était en train de parler au tueur à l’aiguille – cet homme recherché par toutes les polices d’Europe, cet homme qui la mobilisait depuis des semaines. La situation était parfaitement surréaliste.

– Eh bien, je me suis mis à apprendre l’arabe, dit-il en souriant. Mais ici au Maroc, je m’aperçois que les mots désignant les choses les plus usuelles ne sont pas les mêmes. En arabe classique, par exemple, orange ça se dit *bortocal.* À Fès, les gens ne comprennent pas ce mot. Ils disent *limoun.*

Amira se mit à rire. Elle expliqua qu’au Maroc, on parlait *darija*, le dialecte marocain. Et qu’en plus, cela variait selon les régions. À Fès, le dialecte n’était pas le même qu’ailleurs.

– Alors, dit Friedrich, il faut apprendre tous les dialectes les uns après les autres ?

Amira riait de plus belle et Swann était heureux de la voir rire.

– Vous pouvez vous en tirer avec ce qu’on appelle « l’arabe standard moderne », un arabe plus simple que l’arabe classique mais commun à tout le monde arabe. C’est sûrement celui-là que vous avez appris en France.

Friedrich rapprocha sa chaise et commanda une limonade. Le courant passait entre lui et ce jeune couple prétendument rencontré par hasard. Au bout d'une vingtaine de minutes, où ils avaient comparé leurs impressions de Volubilis, Friedrich remarqua qu'Amira et Swann fixaient les cicatrices de son visage.

– Vous regardez mes cicatrices ? J'ai été attaqué par un chien. C'était il y a trois semaines, je me promenais avec ma femme sur la plage de l'Espiguette, au Grau-du-Roi (nous habitons Montpellier). Un couple avec un chien nous a croisés. Tout à coup, le chien, un Staffordshire bull terrier, s'est jeté sur moi. Sur moi, pas sur ma femme. Il m'a renversé et mordu au visage et aussi aux bras. C'est pour cacher mes cicatrices que je porte une chemise à manches longues ! J'ai eu des points de suture mais c'est en train de rentrer dans l'ordre. Les Staffordshire bull terriers sont une sorte de bouledogue. Ils sont considérés par la loi comme des chiens dangereux, ils doivent obligatoirement être tenus en laisse et porter une muselière, ce qui n'était pas le cas dans l'affaire qui me concerne. Après en avoir été quitte pour la peur, j'ai dû faire un séjour à l'hôpital. Finalement, après tout ça, j'ai pris l'avion pour le Maroc, histoire de me changer les idées. Je suis à la retraite mais ma femme travaille encore ; elle a dû rester en France.

– Et le chien, dit Amira, qu'est-ce qu'il est devenu ?

– Nous avons porté plainte et il a été mis dans un chenil, en attendant la décision de justice. C'est triste à dire, mais j'espère qu'il sera euthanasié. Un chien qui a attaqué une fois risque de récidiver. Vous comprenez, je ne supporte pas la violence, qu'elle vienne des bêtes ou des hommes.

Friedrich était content de cette petite phrase ; il suscitait la sympathie.

– Ainsi, vous êtes seul au Maroc ? demanda Swann.

– Oui. Après cet incident et le séjour à l'hôpital, j'ai voulu profiter de quelques jours de tourisme. Je m'appelle André Dassonville, ajouta-t-il en leur serrant la main.

Ses explications étaient parfaitement crédibles. Swann s'enhardit :

– Pourquoi ne viendriez-vous pas dîner avec nous ce soir ? Nous fréquentons un restaurant traditionnel dans la vieille ville que nous aimons beaucoup. Donnons-nous rendez-vous vers vingt heures. En attendant, nous aurons plaisir à vous ramener à Fès en voiture.

Amira et Swann voulaient impressionner leur nouvel ami. Ils avaient pensé au Fès Café, où on pouvait dîner dans un jardin. En peu de temps, on était arrivé à la situation la plus inouïe qui soit. Le tueur allait, en toute impunité, dîner avec la représentante de la police chargée depuis des semaines de le retrouver !

Déposé à son hôtel et ayant rejoint sa chambre, Friedrich se regarda dans la glace. Même lui, il avait du mal à se reconnaître. Revenu en France, il pourrait aller et venir sans crainte, à condition qu'on ne lui fasse pas une prise de sang car le chirurgien, évidemment, n'avait pas modifié son ADN.

À vingt heures, Friedrich était au restaurant. Ils commencèrent par commander une bouteille de Guerrouane, un vin produit dans la région.

Détendu, Friedrich parla d'abord de lui. Il expliqua qu'il avait fait l'École nationale de la Météorologie et qu'il était ingénieur météo. Il avait longtemps travaillé au Pic du Midi. Sa femme était avocate fiscaliste. Ils avaient quatre enfants, tous adultes. Ils avaient toujours vécu à Montpellier. Friedrich s'amusait d'avoir inventé si vite ce portrait imaginaire, aussi éloigné que possible de ce qu'il était réellement.

Ils échangèrent leurs impressions sur Fès et Volubilis. Amira était heureuse que Friedrich apprécie le Maroc. Il expliqua qu'il était déjà allé à Marrakech mais que c'était la première fois qu'il venait à Fès. Il comptait bien y revenir avec son épouse, et peut-être avec l'un ou l'autre de ses petits-enfants (il en avait cinq).

Swann parla de son métier, de l'éducation nationale, de son projet d'aller enseigner dans un quartier défavorisé de Strasbourg. Amira confia qu'elle était commissaire de police.

C'est toujours valorisant de dire qu'on a côtoyé une personne connue, qu'il s'agisse d'une actrice, d'un chanteur, ou… d'un criminel. Swann ne résista pas au plaisir de se rendre intéressant.

– Et imaginez-vous que j'ai eu le tueur comme collègue pendant trois ans ! Oui, il était prof de latin-grec dans le lycée où j'enseignais à Strasbourg !

– Ça, c'est incroyable ! feignit de s'étonner Friedrich. Et comment était-il ?

– Un prof très sérieux, assez sévère, et qui se liait peu avec ses collègues. Il s'appelle Jean-François Zeller. Jamais personne dans l'établissement n'aurait supposé qu'il s'agissait d'un psychopathe !

– Oui, je peux imaginer qu'il aura bien caché son jeu. Mais si vous savez qui il est, vous devriez le retrouver facilement, dit Friedrich. Et vous-même, Amira, si vous êtes de la police à Strasbourg, vous devez être concernée par l'affaire.

– Oui, dit Swann. Amira fait partie des policiers qui pilotent l'enquête.

Friedrich savait qu'il ne fallait pas trop insister sur l'affaire des aiguilles, de peur d'éveiller les soupçons, mais il ne voulait pas non plus rater l'occasion inespérée d'en parler. Il décida d'aborder la chose de façon indirecte et, s'adressant à Amira :

– Vous êtes commissaire de police ? Vous devez être confrontée à toute la misère humaine !

– Oui, c'est vrai. L'une des difficultés, c'est comment gérer l'origine sociale des prévenus. Les crimes et les délits font l'objet de peines précises et répertoriées, mais la culpabilité est quelque chose de difficile à appréhender. Le vécu d'une personne intervient beaucoup dans les actes commis.

– Vous voulez dire qu'un jeune de banlieue, par exemple, aura plus de risques d'être face à la police que quelqu'un de la bonne société ?

– Oui, c'est un peu ça, continua Amira. Et en même temps, le délit est là, on est bien obligé d'en tenir compte. C'est tout le travail des juges et des jurés. Faire la part des choses, accorder ou non les circonstances atténuantes. Et puis, il y a la prévention. Ce n'est pas le domaine où nous, les Français, nous sommes les meilleurs !

Swann prit la parole.

– Ce que j'apprécie chez Amira, c'est qu'elle est juste. Elle est à la fois sévère – la loi, c'est la loi – et compréhensive. C'est un excellent flic !

Et il se tourna vers elle, avec ce regard de tendresse et d'admiration qu'il lui réservait toujours.

– Je n'en doute pas, dit Friedrich avec un large sourire. Alors, cette enquête, elle en est où ?

Amira était en vacances. Elle n'était pas sûre d'avoir envie de parler de son travail. Sa famille l'avait déjà pressée de questions mais elle s'était montrée évasive. Secret professionnel, en quelque sorte. Et en dehors de la brigade, elle n'avait parlé à personne, à part à Swann. Mais avec ce Français, elle se sentait en confiance. Elle commença.

– L'affaire des aiguilles ? C'est une succession de meurtres plus horribles les uns que les autres. Nous savons qui est le tueur, nous savons où il habite, nous savons tout de lui.

– Mais vous ne l'avez pas arrêté, dit Friedrich.

– Non, en effet, et c'est bien le problème. Il est en cavale actuellement, mais nous l'aurons !

41

Dans le cadre idyllique de la Côte d'Azur, Nathalie Granet ne parvenait pas à se reposer. Son médecin personnel l'avait accompagnée et il lui avait prescrit tous les calmants nécessaires, mais malgré cela elle dormait mal. Il avait insisté pour qu'elle n'invite aucun collaborateur, de manière qu'elle fasse, autant que possible, un break. La Présidente avait accepté ; seule Marie-Noëlle Texier, sa directrice de cabinet mais aussi son amie, était là. Mais elle n'avait pas pu éviter de convier, trois jours plus tard et pour une journée, Marc Guyot, le Premier ministre.

À Fès, Amira se sentait de plus en plus à l'aise avec leur nouvel ami. Le bon vin marocain y était pour quelque chose (ils avaient commandé une deuxième bouteille), mais aussi un besoin de parler, qu'elle réfrénait depuis des semaines.

– Peu avant de partir pour le Maroc, j'ai rejoint l'équipe technique qui fouillait la maison du tueur en Alsace et que nous avions repérée grâce au témoignage de Julien Farge, le suspect de Blagnac. En ouvrant les tiroirs, j'ai trouvé un document qu'apparemment personne n'avait vu.

– Un document ? interrogea Friedrich.

Swann se demandait si c'était vraiment une bonne idée de dévoiler ainsi des secrets d'enquête à un inconnu. Il tenta de faire un signe à Amira mais elle l'ignora. Elle était lancée.

– Oui, un carnet.

En entendant le mot « carnet », Friedrich sursauta. C'était ce qu'il espérait.

– Un petit carnet, assez étrange. Chaque page comporte un mot, et en dessous une sorte de croquis, difficile à déchiffrer. Les mots sont des mots-clés correspondant aux différentes étapes de la cavale meurtrière du tueur : Minsk, Ars, Hossegor, etc. Les croquis évoquent les meurtres, de façon relativement abstraite. Ainsi, pour Minsk, cela ressemble à des aiguilles dans un corps humain. Pour Ars, un hamburger. Et ainsi de suite. La dernière page porte la mention « Aa » et le croquis semble représenter une rivière.

– Aa ? dit Swann. C'est un cours d'eau du nord de la France, un fleuve côtier qui traverse Saint-Omer. Et un mot bien connu des amateurs de mots croisés !

– Cela semble signifier que le tueur s'est installé là-bas, reprit Amira. Avant de partir pour le Maroc, j'ai transmis le carnet à la cellule d'enquête et une cinquantaine de policiers se sont rendus à Saint-Omer, auxquels s'ajoutent les flics locaux. Mais il peut s'agir d'une fausse piste et que le carnet ait été laissé volontairement pour égarer la police.

Swann aurait voulu qu'elle évite de donner tous ces détails, mais il n'avait pas pu l'en empêcher. Ce n'était pas bien grave, se disait-il.

Friedrich s'amusait beaucoup. Il avait choisi l'Aa uniquement en raison de la consonance amusante du nom de ce petit fleuve. Les flics pourraient le chercher longtemps.

Le soir, dans leur chambre, Swann et Amira discutaient. Swann reprocha à Amira d'en avoir trop dit. Elle se défendit.

– D'abord, cet homme inspire confiance, et ce ne sont franchement pas des secrets d'État que je lui ai communiqués. Mais surtout, tu dois savoir que le carnet n'a pas été oublié par hasard. Le tueur l'a laissé pour entraîner la police sur une fausse piste. Il poursuivait deux objectifs. D'abord, apporter la preuve que c'est bien lui qui a commis tous les crimes. Ensuite, faire croire qu'il était parti s'installer dans le nord de la France. La ruse a réussi. Les policiers n'étaient pas dupes, mais ils devaient vérifier. Ils vont se donner beaucoup de mal à fouiller toutes les maisons, mais ils ne trouveront rien. Pendant ce temps, le tueur pourra attendre tranquillement dans sa planque, où qu'elle soit, et fomenter de nouveaux crimes.

42

Le Premier ministre avait pris l'avion présidentiel tôt ce matin-là. Il arriva au fort de Brégançon vers dix heures. Nathalie Granet avait prévu un entretien en tête à tête jusqu'à la fin de l'après-midi, avec un déjeuner également en tête à tête. Ils avaient mis onze sujets à l'ordre du jour, mais le point le plus important, et qui avait justifié la venue de Guyot, c'étaient les meurtres. Ils décidèrent d'en parler après avoir épuisé tous les autres sujets.

Vers dix-huit heures, ils firent une pause qui permit à Guyot d'aller saluer les membres de la famille de la Présidente ainsi que Marie-Noëlle Texier. Puis le tête-à-tête reprit. Le Premier ministre avait préparé son discours.

– Je te l'ai déjà dit, tu as eu tort d'éluder les lettres de revendication. Il fallait engager un dialogue avec le tueur, même en bluffant. Dès le deuxième meurtre, tout le monde avait compris qu'on avait affaire à un criminel particulièrement dangereux. Tu n'as pas été à la hauteur, Nathalie. J'ai pourtant essayé de te convaincre. Tu ne m'as pas écouté. Tu n'écoutes personne. Tu as voulu piloter seule cette affaire. Enfin, seule avec le commandant Kerfi. C'est quand même surprenant que tu puisses faire confiance à cette femme, bien trop jeune, et en plus…

– Et en plus ?

– Non, rien.

– Tu veux dire et en plus, maghrébine. Je te connais, tu sais.

Marc Guyot était un tricheur. Il se faisait passer pour un homme de gauche, proche des pauvres, des immigrés, des minorités. Mais en réalité, c'était par pur opportunisme. Les Français l'appréciaient parce qu'il parlait bien et savait convaincre ; il avait, comme on dit, le contact, ce qui, pour un homme politique, est une qualité primordiale. La presse adorait l'interviewer parce qu'il était brillant. Mais il aurait suffi de voir comment il avait traité ses épouses, comment il traitait ses enfants, comment il se comportait avec son personnel de maison et avec ses maîtresses pour être édifié sur qui il était vraiment. La seule chose qui l'intéressait, c'était le pouvoir, et son seul objectif était la présidence de la République. En cela, il se différenciait de Nathalie Granet qui, elle, avait de réelles convictions. Mais le grand public ne percevait pas la différence.

Il avait déjà une belle carrière derrière lui. Maire de Lens pendant deux mandats, député constamment réélu, il avait gagné, par une primaire, le secrétariat général du Parti socialiste. Bien qu'il n'ait jamais été ministre, Nathalie Granet l'avait choisi comme Premier ministre parce qu'au fond, elle n'avait pas eu le choix. Elle s'en méfiait et elle avait raison. Marc Guyot était capable de tout.

– Regarde où tu en es aujourd'hui, continua-t-il. Le monde entier commente l'affaire, tu es complètement discréditée. Quoi qu'il arrive, tu ne pourras pas effacer les meurtres, la douleur des familles, le sentiment d'horreur ressenti par la population. Heureusement pour toi, tu bénéficies de l'immunité présidentielle qui interdit toute procédure pénale à ton endroit. Enfin, tant que tu es Présidente. Maigre consolation. Tu as commis une faute en te croyant la plus forte.

Et il ajouta :

– La seule chose que tu puisses faire, c'est démissionner.

C'était plus que Nathalie Granet pouvait entendre. Elle se leva, furieuse.

– Ah non ! Tu ne peux pas dire ça. Je sais très bien où tu veux en venir, Marc. Tu veux ma place. Tu l'as toujours voulue. Tu te dis que si je pars, tu as tes chances. Mais tu te trompes. Tant que le tueur n'est pas arrêté, la situation est pourrie. Une élection présidentielle dans un tel contexte donnerait les pires résultats. Si tu crois que tu peux arriver la bouche en cœur, tu te trompes. Tu fais partie de mon gouvernement, tu es impliqué. Les Français ne te feront pas confiance. Et de toute façon, ajouta-t-elle après une pause, je ne démissionnerai pas.

Au fur et à mesure que la conversation se poursuivait, une idée était en train de prendre forme dans le cerveau de Marc Guyot. Une idée folle, une idée inouïe, une idée terrifiante. Et s'il faisait un deal avec le tueur ? S'ils s'y mettaient tous les deux pour trouver le meilleur plan pour se débarrasser de Granet ? Certes, pour Guyot, il y avait une ligne rouge : pas de meurtre, ni de la Présidente, ni de quiconque. Mais pour le reste, tout était possible. Et puis, s'il rencontrait le tueur, il pourrait s'en emparer. Cela lui donnerait une telle aura qu'il était sûr d'être élu président de la République – et en véritable héros. Il était parfaitement conscient que c'était un projet extrêmement dangereux ; mais c'était aussi une occasion inespérée. Restait à localiser le tueur pour entrer en contact avec lui. Des centaines de policiers étaient à ses trousses, sans résultat jusqu'à présent. Comment pourrait-il y parvenir quand tous avaient échoué ? Il devait bien y avoir un moyen. Il se donnait quelques jours pour y réfléchir.

Il accepta de rester pour dîner et de dormir sur place ; il repartirait tôt le lendemain matin. Au cours du repas, il se montra charmeur comme il savait l'être. Même Marie-Noëlle Texier, vieille routière de la politique, était bluffée. Nathalie Granet quant à elle essayait de faire bonne figure, mais la conversation qu'elle avait eue avec Guyot n'avait fait qu'augmenter son sentiment de panique. En plus, elle craignait de sa part une initiative ; il allait profiter de la situation, mais elle ne savait pas comment.

Rentrée du Maroc, Amira s'était donné une journée de battement avant de retourner à la brigade. Elle avait été informée de l'absence de résultat de la fouille de l'Aa. Elle s'y attendait. Elle resta chez elle avec Swann. Elle voulait faire le point.

– Ce n'est pas brillant, Swann. Je suis nulle. Je me suis démenée comme une folle, j'ai fait ami-ami avec la Présidente, et pour quel résultat ? Le tueur court toujours, on ne sait ni où il est, ni quel nouveau crime il va commettre.

Ils étaient allongés côte à côte, Swann la tenait dans ses bras, il savait comment la calmer et comment la rassurer.

– Tu t'es mobilisée à fond, Amira, et personne ne te reproche rien. Vous êtes confrontés à un criminel d'une habileté démoniaque. Vous êtes nombreux sur l'enquête. Personne n'a fait mieux que toi. Tu dois continuer. Surtout ne lâche pas l'affaire.

– Il a quitté sa maison alsacienne. Pour aller où ? À l'étranger ? Sa photo est partout, il ne peut pas manquer de se faire repérer. Ce qui m'angoisse, c'est qu'il risque de tuer à nouveau. Et puis, je suis triste pour la Présidente. Elle devait reprendre aujourd'hui à l'Élysée. Ça va être hyper difficile pour elle.

Depuis les révélations d'Anankè, la presse se déchaînait – autant les journaux politiques que les magazines grand public. Les journalistes faisaient leur propre enquête. Beaucoup s'étaient rendus en Alsace et cherchaient à obtenir des infos de la part des voisins du tueur ou de ceux de Charles Wagner. Plusieurs journalistes n'avaient pas hésité à aller à Fès, dans l'espoir de parler à Amira Kerfi. En pure perte. Mais Amira avait quand même découvert en couverture d'un hebdomadaire grand public sa photo, alors qu'elle marchait avec Swann dans une allée de Volubilis. Les tirages papier et l'audience des sites d'info montaient en flèche. Nathalie Granet savait qu'il faudrait qu'elle parle très vite aux Français, mais elle ne savait pas quoi leur dire.

Friedrich, de son côté, avait repris l'avion et retrouvé sa voiture sur le parking de l'aéroport. Avant de réintégrer sa petite cabane, il eut envie de s'offrir une balade dans Paris, maintenant qu'il savait qu'on ne pouvait pas le reconnaître. Il choisit les Champs Élysées, vers la place de la Concorde, là où se trouvent les beaux jardins. Il gara sa voiture dans un des parkings souterrains. C'était l'été, il faisait un temps magnifique. Est-ce le fait d'avoir changé non seulement d'apparence mais d'identité, mais il se sentait comme libéré, et, même, étonnamment joyeux. Il se disait qu'il avait passé sa vie à enseigner tranquillement, avec, pour échapper à la monotonie du boulot de prof, le chantage aux homosexuels. Mais ce n'était pas bien méchant en comparaison des crimes des dernières semaines. C'était comme si, à un moment donné de sa vie, une vanne s'était ouverte et le sadisme latent qui dormait en lui avait soudain fait irruption et s'était déployé avec toute sa virulence. Il avait adoré ces moments. Tuer, même un enfant, détruire une organisation sociale qu'il haïssait, s'attaquer à la personne qui la symbolisait le plus, la présidente de la République, et par la même occasion se venger de celle qui avait entraîné la mort de la seule personne qu'il avait vraiment aimée dans sa vie… c'était un beau parcours.

Certes, la deuxième partie de son plan avait échoué. Il avait voulu s'attaquer à la famille de la Présidente. D'abord son gendre, à Blagnac, puis son mari, à l'institut à Paris. Mais ça n'avait pas marché. Est-ce qu'il perdait la main ? Ou ressentait-il une certaine lassitude, comme s'il avait épuisé tout ce qu'il y avait de maléfique en lui ? Il pourrait retourner à l'institut Alfred-Donné mais il n'avait plus envie de tuer des enfants leucémiques. La seule chose qui l'intéressait encore, et qui lui permettrait de parachever sa mission meurtrière, c'était d'avoir la peau de Nathalie Granet. Il savait qu'elle partait pour le Canada dans quelques jours. Il pourrait facilement l'y rejoindre, avec sa nouvelle apparence il ne risquait pas d'être reconnu à la frontière. Et s'il décidait de s'amuser un peu ? De bousculer le voyage de la Présidente ? Tout en marchant, il commençait à réfléchir à ce qu'il allait faire. Après ce voyage, et quand Nathalie Granet serait à terre, il pourrait vivre une retraite tranquille ; avec un peu de chance, il ne serait jamais retrouvé.

À un moment, il s'aperçut qu'il avait atteint les hauts murs du parc de l'Élysée. Il marcha jusqu'à l'entrée du palais. Il ignorait si la Présidente y était, et de toute façon c'était absolument impossible d'y pénétrer. Il retourna à sa voiture et prit la route pour la Beauce.

43

La Présidente préparait activement son séjour au Canada, prévu à partir du 18 août, avec son ministre des Affaires étrangères, son équipe et l'ambassade à Paris. Elle était contente de retrouver un pays qu'elle aimait beaucoup, et de revoir le Premier ministre canadien, un ami. Mais dans le contexte des crimes, c'était quand même un voyage difficile.

Elle s'arrêterait d'abord à Ottawa où, outre les réunions et les invitations, elle devait tenir une conférence de presse, puis à Montréal où elle allait présider, avec le Premier ministre, la conférence de l'Organisation internationale de la francophonie.

Friedrich comptait bien pourrir le séjour de la Présidente. Toujours prompt à utiliser ses nombreux billets de banque, il avait acheté un aller simple pour Montréal sur un vol Air France en classe affaires. Il prit sa voiture pour Roissy le jour où la Présidente partait pour le Canada. Il se gara, comme la fois précédente, au parking longue durée et gagna le terminal 2. Il avait décidé de revenir deux jours plus tard, mais il savait qu'il risquait de se faire coincer à l'un ou l'autre des aéroports. C'est pourquoi il allait repartir de Toronto et non de Montréal, et prendre un vol pour Francfort plutôt que pour Paris. À Francfort, il achèterait une voiture et rentrerait par la route. Le lendemain de son arrivée à Montréal, il partit, tôt le matin, pour Ottawa en voiture de location. Son idée était d'assister à la conférence de presse de la Présidente. C'est ce moment-là qui l'intéressait.

Il avait utilisé ses réseaux en France pour se faire imprimer une fausse carte de presse. Cela lui permit d'avoir accès à la conférence. Il y entra sans problème. À dix heures, la salle était archi-comble.

Nathalie Granet avait bien dormi, le décalage horaire ne l'affectait pas encore, elle était en forme. Elle fit son entrée, toute menue dans ce grand espace, sûre d'elle car elle était très populaire au Québec. Les questions se succédèrent, pour la plupart en français. Une seule porta sur les meurtres à l'aiguille.

– Madame la Présidente, demanda un journaliste québécois, vous avez été mise en cause dans les crimes terribles qui ont affecté la France dans les dernières semaines. Qu'en est-il de votre responsabilité ?

– Ces crimes sont odieux mais ils n'ont aucune cause politique, répondit Nathalie Granet. On cherche à les utiliser contre moi ; ce sont des manœuvres politiciennes indignes. Il s'agit de l'œuvre d'un psychopathe, d'une habileté redoutable puisqu'on n'a pas encore réussi à l'arrêter, malgré le dispositif de recherche colossal qu'on a mis en place. J'éprouve une peine infinie pour les personnes qui ont été tuées ou blessées dans ces attentats horribles. Les enquêtes progressent. Le coupable sera bientôt identifié, je vous le promets.

D'autres questions suivirent, sur d'autres sujets et, au bout d'une demi-heure environ, un homme de grande taille, aux cheveux frisés et portant barbe et lunettes, prit le micro. C'était Friedrich.

– Jean Pelletier-Rigaud, journaliste à Paris Match à Paris. Me permettez-vous, madame la Présidente, de revenir sur l'affaire des meurtres ? Il semble que, quand vous étiez étudiante en médecine, vous ayez pratiqué l'acupuncture sur trois jeunes, Philippe Grandjean, Annie Spengler et Éric Romang. Vous avez oublié de désinfecter les aiguilles que vous avez utilisées et les trois étudiants ont été contaminés. Ils sont morts du sida quelques semaines plus tard. C'est sans aucun doute pour venger ces crimes (car il s'agit bien de crimes, même involontaires) que le tueur a choisi de supprimer trois jeunes avec des aiguilles.

Il y eut un moment de sidération dans la salle, et tous les regards se tournèrent vers Friedrich. Celui-ci, nullement intimidé, continua, haussant la voix pour bien se faire entendre.

– C'est donc vous qui êtes directement responsable des meurtres de Strasbourg et de Luxembourg, et, par voie de conséquence, de tous ceux qui ont suivi.

Les journalistes, qui s'étaient tournés vers Friedrich, avaient maintenant le regard porté vers la Présidente française. Comment allait-elle réagir ? Friedrich, qui avait pris soin de se placer au fond de la salle, en profita pour s'éclipser. Il sortit du centre de conférence, reprit sa voiture et s'engagea sur l'autoroute pour l'aéroport Pearson à Toronto.

Nathalie Granet était sonnée. Il fallait bien qu'elle réponde. Elle nia, avec une expression de colère à demi feinte. Ensuite, elle poursuivit tant bien que mal la conférence de presse, mais le cœur n'y était plus. Les journalistes activaient leurs téléphones portables et avaient hâte de rejoindre leur rédaction. C'était un scoop d'une portée extraordinaire, l'explication tant attendue des meurtres à l'aiguille. Et la mise en cause gravissime de la Présidente de la France.

La Présidente remercia son auditoire. Elle était pâle, sa voix tremblait. Ses hôtes canadiens la dirigèrent, avec son équipe, vers un cabinet particulier où elle pourrait faire le point. Elle s'assit, but un grand verre d'eau. Elle reprenait ses esprits. Elle commença :

– Il est seize heures en France. À temps pour que l'info fasse la une de tous les journaux télévisés.

Et pas seulement en France. Dans le monde entier. C'était le genre de révélation qu'adorait la presse. Très vite, Deborah Prévost, la directrice de la communication, qui accompagnait Nathalie Granet, avait appelé la correspondante de service à l'Élysée. Celle-ci s'était empressée de contacter le service de presse de Paris Match. Personne ne connaissait ce Pelletier-Rigaud. Qui était ce type ? Que faisait-il au Canada ? Et comment pouvait-il être au courant des essais d'acupuncture de Granet au point de connaître les noms des trois jeunes concernés ?

– Et si c'était le tueur ? risqua Granet.

– Nous avons des photos du tueur, dit Deborah. Le personnage qui est intervenu ne lui ressemble pas du tout. Ce ne peut pas être lui.

– Alors, qui ? Un complice évidemment. Un Français sans doute.

Toute une machinerie se mettait en route entre le Canada et la France. Il fallait retrouver, d'urgence, le faux journaliste. Il avait été photographié lors de son intervention ; on disposait donc de son portrait, qui fut diffusé partout où il risquait d'être repéré. Les aéroports, les gares, les agences de location de voiture, les hôtels. Friedrich était conscient de cette mobilisation. Arrivé à l'aéroport de Toronto, il se rasa dans les toilettes, enleva sa perruque et ses lentilles de contact. Il avait, à nouveau, changé d'apparence et il passa sans difficulté les contrôles de police. Bientôt, il était dans l'avion qui allait le mener à Francfort.

Marc Guyot s'octroyait quelques jours de vacances. Il s'était installé dans sa résidence secondaire de la Côte d'Opale, avec sa copine du moment, une journaliste de LCI de quinze ans plus jeune que lui. Il n'avait pas cherché à passer du temps avec ses enfants. Être père, ça l'avait amusé au début, mais maintenant que ses quatre enfants étaient ados, il n'avait pas envie de s'occuper de leurs états d'âme. Ils pouvaient toujours lui téléphoner s'ils avaient besoin de quelque chose.

La journaliste était amoureuse de lui, mais lui n'éprouvait rien, à part l'attrait sexuel. Il pensait à ce nouvel objectif qu'il s'était fixé : pactiser avec le tueur. Pour le localiser, il avait l'idée de s'adresser à des détectives privés. Pas n'importe lesquels. Les meilleurs.

Ça lui coûterait cher, et il ne pouvait évidemment pas imputer la dépense sur son enveloppe de Premier ministre. Mais l'enjeu en valait la peine. Il se disait qu'il y avait désormais beaucoup d'indices et qu'un professionnel aguerri devrait pouvoir trouver ce tueur insaisissable. Après, il faudrait jouer serré. Si jamais on apprenait qu'il avait rencontré le tueur secrètement, non seulement sa carrière s'arrêterait d'un coup, mais il risquait des années de prison. Marc Guyot était joueur. Et comme souvent avec ce genre de personnage, il se considérait comme invincible. Au fond, il était de la même trempe que Friedrich.

Il donna quelques coups de téléphone d'un portable ne pouvant être tracé qu'il utilisait quand il ne voulait pas se faire repérer. Trois rendez-vous furent pris pour les prochains jours, avec trois agences différentes. La machine était lancée. Sollicitées par un Premier ministre, les agences allaient se mettre au travail immédiatement.

La Présidente était rentrée. Il lui fallait aborder tous les problèmes auxquels doit faire face quotidiennement un chef d'État. Ce jour-là, parmi les plus urgents, il fallait remplacer la ministre de l'Éducation nationale, trop rigide, et qui passait mal auprès des profs et des élèves. Mais qui mettre à sa place ? Il y avait aussi cette tension avec les États-Unis, à propos du traité de libre-échange que la France, sous la pression des écologistes, refusait de signer. Enfin, ce n'était là que deux des nombreuses questions qui se posaient et auxquelles il fallait apporter des réponses. Mais tout était pollué par les meurtres.

Nathalie Granet était au bout du rouleau. À tel point qu'elle se demandait si le mieux, en effet, n'était pas de démissionner. Cette idée lui venait régulièrement, mais elle ne la gardait pas longtemps. Elle ne voulait pas entrer dans l'histoire à reculons.

Trois jours après son retour, le 23 août, elle décida de faire une séance de brainstorming avec ses collaborateurs les plus fiables, en l'occurrence Grandmaurin, Marie-Noëlle Texier et quelques ministres. L'objectif était de préparer la rentrée. Elle était consciente qu'il lui fallait rebondir, et cela passait par l'annonce d'une politique nouvelle, suffisamment forte et innovante pour masquer quelque peu le contexte des crimes.

Il y avait un thème qui lui tenait à cœur depuis longtemps : la situation des femmes. Il fallait lancer un programme d'émancipation, de manière à faire sauter les verrous qui, encore aujourd'hui, les empêchaient d'être en totale égalité avec les hommes. Plusieurs idées émergèrent lors de la discussion. Obtenir enfin l'égalité de salaire, autoriser la procréation médicalement assistée, lutter efficacement contre les féminicides. Tout cela n'était pas facile à mettre en place, mais n'était pas nouveau, et ne risquait pas de surprendre les Français. Il fallait une idée plus forte, plus audacieuse. La Présidente proposa d'établir des quotas pour les jeunes filles, dans toutes les filières scientifiques où elles étaient insuffisamment représentées, et ce, dès le lycée.

– Tu sais, Nathalie, commença Texier, que les Français sont viscéralement réticents à la notion de quotas.

– Oui, je sais, répondit Granet. Mais il faut bousculer le système. Les filles sont aussi bonnes en sciences ou en mathématiques que les garçons, mais elles s'interdisent ces matières, et les parents ne les y encouragent pas. On peut toujours dire que les choses évolueront naturellement, mais cela prendra des années. Quant aux quotas, ils existent déjà en politique, et cela ne choque personne. On n'utilise d'ailleurs pas le mot « quota » ; on parle d'égalité, et cela ne pose aucun problème, au contraire.

– C'est vrai que pour prendre l'exemple du gouvernement, intervint Grandmaurin, il y a autant de ministres femmes que de ministres hommes. Mais cela n'a pu se faire que par une décision politique. Il a fallu forcer les choses.

– Exactement, dit la Présidente. Maintenant, si on instaure des quotas, à quelle hauteur met-on la barre ? 50 % ?

Il y eut une pause. Après un moment de réflexion, Marie-Noëlle Texier prit la parole.

– 50 %, c'est trop. Cela risque de fermer la voie à des garçons. Il me semble que 30 %, ce serait un bon compromis.

– Je vais demander une étude sur le pourcentage de jeunes filles dans les filières scientifiques, dit Nathalie Granet. Nous ferons porter le nouveau pourcentage sur toutes les formations où les jeunes filles sont sous-représentées.

Grandmaurin et Texier se regardèrent. Ils retrouvaient la Présidente combattante qu'ils aimaient. Elle avait raison de vouloir reprendre la main. Elle prenait un risque, certes, à un moment où elle était très fragilisée. Mais une grande politique en faveur des femmes pouvait plaire à une majorité de Français, et l'aider à traverser cette période si difficile.

D'ici quelques jours, Nathalie Granet ferait son allocution de rentrée. Elle allait annoncer les axes de sa politique, dont celui de la promotion des femmes était le plus important. Mais elle ne pouvait pas échapper à une explication sur les raisons pour lesquelles elle n'avait pas lancé l'idée d'un référendum sur l'Europe après la réception des lettres de revendication du tueur. Et il y avait l'accusation d'Ottawa.

– À ce stade, autant aborder franchement les choses, dit Texier, et dire la vérité.

La réunion se termina sur cette idée, et les jours suivants seraient consacrés à la préparation de l'intervention télévisée.

Friedrich arriva à Francfort un vendredi après-midi. Il passa sans problème les contrôles et se dirigea vers les taxis. Il demanda à être conduit à l'une des concessions BMW de la ville. Là, il acheta une voiture. Il prit la route pour sa cabane le long de la Conie. C'était un long trajet, à faire en deux jours. Il arriva le samedi en fin d'après-midi. Il constata que la cabane proche de la sienne était occupée. Une BMW, un modèle semblable à celui qu'il avait acheté à Francfort, mais électrique, était garée à proximité.

Une heure plus tard, on sonnait à sa porte. Un homme d'une cinquantaine d'années, au physique de PDG, venait rendre visite à son nouveau voisin. Une visite de courtoisie qui, sur le moment, inquiéta

Friedrich. Mais après tout, c'était plutôt sympathique et cela rompait la solitude dans laquelle il était. Il se disait qu'il n'avait rien à craindre.

L'homme s'appelait Paul Grimberg. C'était le directeur de l'agence BMW de Vélizy. Friedrich lui proposa un café et ils discutèrent. Ils avaient un point commun : leur voiture. Friedrich avait toujours choisi des Allemandes. La conversation commença sur les avantages respectifs des BMW et des Mercedes. Grimberg expliqua que BMW s'était engagé fortement dans l'hybride et l'électrique. Il dit qu'il dirigeait son agence depuis trente ans. Il avait vendu des milliers de voitures.

– C'est difficile à croire, dit-il, mais le nombre de voitures que j'ai vendues pendant tout ce temps est inférieur à la production de l'usine de Munich en une journée !

Grimberg avait remarqué la plaque minéralogique allemande de la voiture de Friedrich. Il fallait lui présenter une explication qui cadrait avec ce détail. Friedrich était prompt à inventer toutes sortes de scénarios. Cette fois encore, il s'appelait Dassonville, mais maintenant il habitait près de Francfort avec sa femme allemande, qui était avocate. Ils avaient deux enfants, de dix-huit et vingt-deux ans. Friedrich, à sa retraite (il avait été professeur de français), avait acquis la cabane pour venir s'y ressourcer de temps en temps. Il y venait toujours seul. Il aimait ces moments où il pouvait se reposer dans le calme. Grimberg ne fit pas de commentaires, mais il était surpris. Il doit bien y avoir des endroits retirés en Allemagne aussi. Pourquoi faire huit heures de route pour venir en Beauce, dans une cabane aussi banale et aussi dénuée de confort ? La conversation s'orienta vers les meurtres à l'aiguille et Friedrich, maladroitement, donna des détails qui intriguèrent Grimberg. Alors que Grimberg parlait d'un gang, Friedrich affirma qu'il s'agissait d'un homme seul. Peut-être cherchait-il à séduire son interlocuteur en lui donnant des informations que le grand public ne connaissait pas. Il eut aussi des propos très virulents contre la présidente de la République. Pourquoi la haïssait-il à ce point ? Au bout d'un moment, Grimberg commença à se demander si Friedrich ne faisait pas partie de l'équipe criminelle.

Revenu à son bureau le lundi suivant, Grimberg appela Michel Verdier, le directeur de la plus grosse agence de détectives privés de Paris. C'était un excellent client, qui était devenu un ami. Il changeait de voiture tous les deux ans et il venait d'acheter le dernier modèle de BMW électrique. Grimberg lui parla de sa rencontre avec Friedrich.

– Tu devrais enquêter. Il m'a paru bizarre, ce type. Il n'est pas clair. Je ne serais pas surpris qu'il soit impliqué d'une façon ou d'une autre dans les meurtres à l'aiguille.

Il se passa une dizaine de jours sans que le tueur se manifeste. C'est ce laps de temps qu'utilisèrent les détectives privés pour le retrouver. Un seul y parvint. C'était Verdier, mis sur la piste par son ami directeur de la concession BMW. Guyot reçut un message très court sur son portable : le faux nom du tueur – André Dassonville – et son adresse en Beauce. Il savait qu'il n'aurait aucun détail sur la façon dont l'agence avait procédé.

Le 3 septembre, le Premier ministre décida de se rendre à l'adresse en question mais il devait y aller seul. Ce n'était pas facile de quitter Matignon incognito. Il fut obligé de mettre son chef de cabinet dans la confidence, en lui disant qu'il voulait rejoindre une femme. Ce n'était pas la première fois. Il y avait une porte dérobée dans le parc. Le chef de cabinet lui remit des clés en lui expliquant que c'étaient celles d'une Kadjar bleu métallisé garée juste à gauche de la sortie. Guyot trouva la voiture. Il se mit au volant et prit la route. C'était très agréable de se passer pour une fois des motards et du chauffeur, et de ne pas avoir de gardes du corps. Il se sentait libre. Il avait hâte de voir Dassonville.

Une heure et demie plus tard, il était sur le chemin qui longeait la Conie, ce petit cours d'eau de la Beauce. Il y avait le long de la rivière des cabanes de pêcheur à l'architecture sommaire et hétéroclite, entourées de jardins plus ou moins à l'abandon. Aucune de ces cabanes ne semblait habitée ; sans doute ne servaient-elles que le week-end. Enfin, il arriva au numéro que lui avait transmis le détective. C'était là. Son cœur se mit à battre avec force. Il avait peur, tout à coup.

La maison ne se différenciait guère des autres, tout en bois et de taille modeste, entourée d'un espace gazonné peu entretenu. Elle donnait sur la rivière, et il faut reconnaître que le site était charmant. Guyot resta quelques minutes dans la voiture, essayant de se concentrer. Il était encore temps de reculer.

44

Le lendemain de la réunion avec la Présidente, Amira réunit son équipe à Strasbourg. Elle n'avait pas grand-chose à dire. Le tueur avait disparu. Il pouvait être n'importe où. Son absence, son silence étaient d'autant plus inquiétants. Amira chercha à recueillir l'avis de ses collaborateurs. Qu'en pensaient-ils ? Que suggéraient-ils ?

Osmani prit la parole.

– La fouille de la maison alsacienne nous a apporté de très nombreux éléments. Je pense qu'il faut continuer à étudier tous ces indices, dont certains d'ailleurs ne sont pas encore revenus du laboratoire d'analyses.

Il n'y eut pas d'autres suggestions. Il fallait, en effet, continuer à explorer les multiples indices. Il n'y avait rien d'autre à faire pour l'instant.

Assis dans sa voiture, suffisamment éloigné de la cabane de Friedrich, Guyot hésitait. Il savait qu'une fois qu'il aurait franchi la porte de la cabane, il ne pourrait plus reculer. Cet homme qui avait commis tous ces crimes, c'était un type particulièrement intelligent, quelqu'un avec qui on devait pouvoir discuter. Mais c'était aussi un psychopathe. Ils parviendraient sans doute à trouver un moyen d'éliminer la Présidente (sans la tuer, Guyot y tenait). Mais qu'allait-il se passer après ? Il y avait de grande chance pour que le tueur cherche à supprimer Guyot, devenu un témoin gênant. Il n'était pas à un crime près.

Il fallait se décider. Guyot pouvait encore renoncer. Il avait remarqué qu'il y avait un judas dans la porte, mais il n'avait pas vu qu'il y en avait plusieurs autres tout autour de la cabane. Friedrich avait entendu la voiture. Il la vit se garer à proximité, et un homme en descendre. Il eut du mal à en croire ses yeux. C'était le Premier ministre ! Pourquoi venait-il ainsi chez lui, et seul apparemment ? Ce n'était pas rassurant.

Guyot frappa à la porte de la cabane. Il avait pu consulter de nombreuses photos du tueur. L'homme qui venait de lui ouvrir était une autre personne.

– Bonjour monsieur. Mais je vous reconnais ! Vous êtes le Premier ministre ! Que me vaut l'honneur ?

En disant ces mots, Friedrich fit signe à Guyot d'entrer et de s'asseoir dans l'un des fauteuils fatigués du petit salon. Avant de lui servir à boire, il voulut comprendre pourquoi le Premier ministre venait, seul, dans cette cabane du bout du monde.

– Excusez-moi, dit Guyot qui ne savait plus très bien où il était. J'ai dû me tromper d'adresse. Je venais rendre visite à mon frère, qui est un passionné de pêche… Désolé de vous avoir dérangé.

Guyot sortit de la cabane pour rejoindre sa voiture. Assis au volant, il s'empara de son portable et appela Michel Verdier, le directeur de l'agence de détectives qui lui avait donné l'adresse. Il était furieux.

– Vous vous êtes moqué de moi. Le type qui vit à l'adresse que vous m'avez indiquée, ce n'est pas le tueur.

– L'avez-vous bien regardé ? répondit le détective. Avez-vous remarqué des cicatrices sur son visage ?

– Oui, en effet. Et alors ?

– Alors, nous pensons qu'il est passé par la chirurgie esthétique. Nous ignorons où et comment, mais nous sommes convaincus qu'il a complètement changé d'apparence. C'est bien le tueur qui habite à l'adresse que je vous ai donnée, nous en sommes certains. Je vous conseille de retourner le voir.

Guyot patienta quelques minutes puis il retourna à la cabane et frappa à nouveau à la porte. Friedrich lui ouvrit, il entra. Il était là, debout, ne sachant trop quoi dire. Friedrich lui proposa à nouveau de s'asseoir. Guyot s'installa dans le fauteuil et accepta le whisky que Friedrich lui tendait. Ils étaient face à face.

– Je n'aurais jamais pensé, dit Friedrich, qu'un Premier ministre en personne viendrait rendre visite à un petit retraité qui passe quelques jours dans sa résidence secondaire.

Était-ce le nouveau visage de Friedrich ? La cabane au bord de l'eau ? L'escapade solitaire de Guyot ? Il y avait comme une atmosphère détendue entre les deux hommes. Ils avaient à peu près le même âge, c'étaient l'un et l'autre des personnages exceptionnels et ils en étaient conscients.

– Je sais que vous êtes Jean-François Zeller, dit Guyot. Vous êtes le tueur que toutes les polices recherchent. J'ai quelque chose à vous proposer, quelque chose qui peut vous intéresser. Mais dites-moi, d'où viennent ces cicatrices sur votre visage ?

– J'ai été mordu par un chien.

Guyot se mit à rire.

– Elle est bien bonne. Les morsures d'un chien ne donnent pas de telles traces. Vous êtes passé par la chirurgie esthétique, monsieur Zeller. Ça se comprend d'ailleurs. Votre photo est diffusée partout.

Friedrich se sentait flatté d'être interrogé par le Premier ministre. Après des minables comme Wagner ou Farge, c'était enfin un adversaire à sa mesure. Il se disait qu'il avait tout intérêt à jouer cartes sur table, car cela lui permettrait de savoir ce que lui voulait Guyot. Il se doutait que c'était quelque chose qui avait à voir avec la Présidente. Évidemment, en se dévoilant, il prenait un risque, mais il serait toujours temps d'aviser.

– Oui, dit-il après une pause, c'est bien moi que vous appelez le tueur. Je suis comme vous, j'ai une dent contre Nathalie Granet. C'est à cause d'elle que le garçon que j'aimais est mort, et c'est à cause d'elle que j'ai attrapé le sida.

Curieuses informations, inattendues, mais impossibles à vérifier.

– Mes actes, mes crimes, vous les connaissez car tout le monde les connaît.

Il y eut, à nouveau, une pause. Les deux hommes se regardaient. Friedrich remplit les verres de whisky. Paradoxalement, ils prenaient l'un et l'autre plaisir à cette discussion.

– Je veux bien vous croire, dit Guyot. Je sais que vous êtes Jean-François Zeller.

– Alors, allez-y. Dites-moi pourquoi vous êtes ici.

Guyot prit son temps. Il étendit les jambes, but une gorgée de whisky. Il commença.

– Nous avons un point commun, monsieur Zeller. Nous haïssons Nathalie Granet. Vous, pour des raisons personnelles ; moi, parce qu'elle est un obstacle à ma progression vers mon objectif : la présidence de la République. Tous les deux, nous allons l'éliminer.

Friedrich souriait, les yeux à demi fermés.

– Attention, éliminer ne veut pas dire tuer. Je veux qu'elle démissionne, je ne veux pas qu'elle meure. Il y aura alors des élections anticipées et j'ai toutes mes chances. Mais il faut qu'elle parte. Et vous pouvez m'y aider, car c'est ce que vous voulez vous aussi.

Le whisky avait commencé à faire son effet, mais aussi une étrange sensation de complicité entre ces deux personnages sans foi ni loi. Guyot reprit.

– Je veux kidnapper Granet et vous allez m'y aider. Je veux la kidnapper et l'obliger à signer sa lettre de démission pour pouvoir être libérée.

– Beau projet, dit Friedrich. Mais une lettre ne suffira pas. N'importe qui peut écrire une telle lettre et obtenir de Granet qu'elle la signe sous la contrainte. Il faudra qu'elle annonce sa démission à la télévision, les yeux dans les yeux des Français.

– Oui, dit Guyot, un peu irrité qu'on lui dise ce qu'il devait faire. On fera ça.

– Monsieur le Premier ministre, je vais vous dire comment il faudra procéder. Vous allez proposer à Granet de venir passer deux jours dans votre résidence secondaire au bord de la mer. Le prétexte ? Aborder tranquillement toutes les questions de la rentrée. Vous pourrez l'emmener en voiture, pourquoi pas dans la voiture qui vous a amené ici.

– Elle n'acceptera jamais de venir seule avec moi, et d'ailleurs le protocole s'y opposerait.

– Laissez tomber le protocole, monsieur le Premier ministre. La présidente de la République est libre de ses actes. Il suffira que vous demandiez à l'un de ses chauffeurs de conduire la voiture. Et de mettre un garde du corps sur le siège avant. Granet sera rassurée.

– Ok pour tout ça, dit Guyot.

– Et puis, nous conviendrons d'un endroit où vous vous arrêterez. Il s'agira d'un chemin de campagne, aussi isolé que possible. Je vous rejoindrai avec ma propre voiture. C'est là qu'il faudra jouer serré. Sous la menace d'une arme, je passerai les menottes à Granet et la jetterai sur la banquette arrière de ma voiture. À vous de jouer la surprise et la révolte, mais, menacé d'une arme, vous ne pourrez pas faire grand-chose. Attention, il faut que vous ayez une confiance absolue dans le chauffeur et dans le garde du corps. J'emmènerai Granet, dissimulée sous une couverture, jusqu'à la cabane où nous sommes actuellement. Le chauffeur vous ramènera à Matignon.

– Et comment obtenir l'annonce de la démission de Granet ?

– Par la soif et la faim. Enchaînée, sans nourriture, elle finira par craquer. Elle sera obligée de présenter sa démission. Et la voie sera libre pour vous !

Le plan paraissait excellent à Guyot. Il avait le mérite d'être simple. Restait un point à régler : comment allaient-ils communiquer entre eux une fois que Guyot serait retourné à Matignon ?

– En tant que Premier ministre, dit Friedrich, vous avez plusieurs téléphones portables ne pouvant être tracés. Moi-même, j'en ai un : un Hoox m2 de la marque Bull ; vous voyez, fabrication française ! Nous échangerons les numéros. Vous devrez faire un repérage. Je pense que la forêt d'Ermenonville est le lieu qui convient le mieux. C'est sur la route de la Côte d'Opale et ce n'est pas trop loin ni de Paris ni de la Beauce. Choisissez un endroit vraiment isolé. Quand ça sera fait, vous m'enverrez un SMS avec la date, l'horaire et la géolocalisation précise du rendez-vous. J'y serai quand vous arriverez.

– Mais Granet ne risque-t-elle pas d'être surprise que nous quittions l'autoroute ?

– Vous inventerez quelque chose, du genre : « Oh ! J'aimerais tellement te montrer les ruines d'un château. » Ajoutez des précisions, quelque chose de personnel, par exemple le fait que vous y alliez étant enfant. Elle ne se doutera de rien. Au contraire, elle sera plutôt contente.

Tout paraissait parfaitement clair. Excité par l'aventure qui se préparait, Guyot avait oublié qu'il risquait sa vie. Il quitta Friedrich, reprit sa voiture et gagna l'A11 vers Paris. Il avait mis Radio Classique à fond. Il était heureux.

Dans les jours qui suivirent, il eut du mal à trouver les quelques heures nécessaires pour le repérage. Il finit par partir en fin d'après-midi, le 6 septembre, trois jours après la rencontre avec Friedrich. Il raconta le même bobard à son chef de cabinet. Un rendez-vous amoureux. À une heure de Paris, il trouva sans difficulté un bout de forêt, accessible uniquement par un chemin non asphalté. Il nota avec soin l'emplacement. Le lendemain, il fit à la Présidente la proposition de partir deux jours. L'emploi du temps de rentrée de Nathalie Granet était archi-bouclé ; pour dégager deux jours, il faudrait s'y prendre un an à l'avance. Alors il proposa une journée.

– Mais pourquoi chez toi ? demanda Granet. Nous pouvons très bien nous isoler dans mon bureau.

– Je voudrais renouveler le tête-à-tête de Brégançon. C'est plus sympathique, et plus efficace.

Nathalie Granet se laissa séduire. Elle annula plusieurs réunions pour fixer une date. Guyot adressa un SMS à Friedrich. Les dés étaient jetés.

Le jour fixé, ils prirent l'une des DS Crossback de l'Élysée. Granet avait choisi l'un de ses meilleurs chauffeurs, et un garde du corps était assis sur le siège avant. Guyot et elle avaient pris place sur la banquette arrière, ils parlaient des dossiers en cours. Il y avait quelque chose de plaisant dans cette escapade, et Nathalie Granet qui, pourtant se méfiait de Guyot, éprouvait une certaine satisfaction à rompre ainsi avec les habitudes.

À un moment, Guyot demanda au chauffeur de quitter l'autoroute. Nathalie Granet s'en étonna.

– Qu'est-ce que tu fais ?

– Je veux te montrer un château en ruine que j'ai visité plusieurs fois avec mes parents, quand j'étais enfant. J'ai toujours rêvé de l'acheter pour le retaper. Un rêve que je ne réaliserai jamais !

Granet ne se méfia pas. Après avoir traversé deux villages, Guyot fit signe au chauffeur de prendre un chemin qui semblait ne mener nulle part. Ils entrèrent dans la forêt. À un moment, Guyot prétexta une envie pressante et demanda au chauffeur de s'arrêter. Il sortit de la voiture. Le chauffeur et le garde du corps sortirent également pour se dégourdir les jambes. Granet resta à l'intérieur de la voiture, consultant des dossiers. Soudain, un homme apparut. C'était Friedrich. Il avait garé sa voiture hors de vue. Il avançait d'un pas tranquille. Il pointa un revolver sur les trois hommes et soudain, fit feu sur le chauffeur, puis sur le garde du corps, les tuant sur le coup. Guyot se mit à crier :

– Vous m'aviez promis qu'il n'y aurait pas de meurtre.

Granet comprit dans quel guet-apens elle était tombée ; elle était terrorisée. Sa panique ne l'empêcha pas de comprendre que Guyot était de mèche avec le tueur.

Friedrich fit deux ou trois pas vers Guyot et tira à nouveau. Guyot s'écroula. Il n'était pas mort et il se mit à ramper sur le sol. Alors Friedrich se rapprocha et lui tira une balle dans la tête, à bout portant.

Nathalie Granet, tétanisée, n'avait pas eu le réflexe de quitter la voiture et de se sauver. Elle allait le faire quand Friedrich lui saisit le poignet. Il lui mit les menottes et l'allongea sur la banquette arrière, puis il la bâillonna avec du ruban adhésif et lui attacha les mollets. Enfin, il la recouvrit d'une couverture. Et il prit la route pour la Conie, laissant derrière lui la DS, portes ouvertes, et les trois cadavres sur le sol.

Friedrich savait qu'il y avait peu de risques que les crimes soient découverts avant plusieurs heures. Il arriva sans encombre à sa cabane. Il sortit Granet de la voiture et l'attacha à l'aide d'une chaîne et d'un cadenas à une barre de fer qui longeait l'un des murs du petit salon, sous la fenêtre. Il enleva le bâillon.

– Inutile de crier, il n'y a personne aux alentours. Si vous avez besoin d'aller aux toilettes, dites-le-moi.

Nathalie Granet ne pleurait pas. Elle faisait front, autant que possible. À un moment, elle s'adressa à Friedrich :

– Que me voulez-vous ?

– Oh ! C'est très simple, répondit Friedrich d'un ton mielleux. Votre démission. C'est ce que je veux depuis le début.

– Je ne démissionnerai pas. Je ne céderai pas au chantage.

Il arbora un grand sourire, excité d'avoir entre ses mains, et à sa merci, la présidente de la République.

– Alors, madame la Présidente, vous allez en baver. Il paraît que la faim est quelque chose d'extrêmement douloureux.

La journée passait. Friedrich allait et venait. Quant à Nathalie Granet, attachée, elle ne pouvait qu'attendre. Elle ne cessait de penser au chauffeur. Elle aimait beaucoup Cyril, un garçon loyal, qui n'avait rien à voir avec l'affaire. Il était père de trois enfants et Nathalie Granet aurait voulu aller voir sa veuve et sa famille. Elle ne connaissait pas le garde du corps, qui appartenait à l'équipe de Matignon. Vers dix-sept heures, elle demanda à aller aux toilettes. Friedrich ouvrit le cadenas et déverrouilla les menottes. Il l'amena vers la cabine en la maintenant fermement. Il la laissa entrer seule et resta à la porte à attendre. Quand elle eut fini, il la laissa sortir et la saisit par le poignet. Elle eut le temps de remarquer, sur une table basse proche de la porte des toilettes, une bouteille de whisky aux trois quarts pleine. Elle se dit qu'à une autre occasion, elle pourrait se saisir du goulot de la bouteille et la fracasser sur le crâne de Friedrich. C'était difficile à réussir, mais c'était sa seule chance. Très sportive, elle devrait avoir la force de réussir son coup.

Friedrich attacha Nathalie Granet à nouveau. Elle l'interpella.

– Pourquoi m'en voulez-vous à ce point ? C'est parce que vous me détestez que vous avez commis ces crimes odieux ?

– Je n'ai rien à vous dire, madame Granet. Tout ce que je peux vous annoncer, c'est que vous allez mourir à petit feu. À moins que vous ne démissionniez.

– Vous vous ferez prendre. Et vous passerez le reste de votre vie en prison.

– Pas sûr. J'ai un plan pour l'après. J'ai réussi jusqu'à présent à échapper à la police. Il n'y a aucune raison que je n'y parvienne encore.

Il y eut une pause. Friedrich alla se chercher un whisky, utilisant la bouteille que Nathalie Granet avait repérée, et la reposant au même endroit. Il s'assit et regardait Granet, avec la satisfaction d'être parvenu à ce qu'il voulait depuis le début.

– Je vais vous dire, madame Granet. Vous n'avez aucun droit à être présidente de la République. Regardez-vous ! Vous êtes une minable, qui s'est imaginé qu'elle pourrait jouer les hommes ! Je vous hais, madame Granet. C'est à cause de vous que toutes ces personnes sont mortes. Oui, à cause de vous. Je n'ai été qu'un instrument, c'est vous la coupable. Et maintenant je veux vous voir crever – sauf si vous démissionnez, bien sûr.

Il s'avança, rapprocha sa chaise. Il était tout près d'elle, elle sentait son haleine imbibée de whisky, elle aurait voulu le frapper. Mais c'est lui qui approcha ses mains sur son visage, qui la molesta au point de lui faire mal. Elle était certaine qu'il la tuerait, et elle savait qu'il allait le faire lentement et de la façon la plus cruelle possible. Elle avait compris qu'elle avait affaire à un malade mental, et qu'elle devrait agir en conséquence. Il partit chercher des ficelles et l'attacha en serrant au maximum. Et puis, il lui donna une gifle violente.

Nathalie Granet accusa le coup, puis elle se reprit. Elle était face à lui, qui la regardait avec une expression de haine. Elle parla.

– Est-ce vraiment moi que vous haïssez ? N'est-ce pas plutôt vous-même ? Vous n'avez pas eu la vie que vous vouliez, n'est-ce pas ? Et arrivé à l'âge de la retraite, vous avez voulu vous venger. Mais pas des autres. De vous-même.

– Pauvre idiote, répondit Friedrich violemment. Qu'est-ce que c'est que cette psychologie de bazar ?

Il était furieux, mais Nathalie Granet percevait qu'elle avait sans doute touché juste. Elle continua.

– Vous êtes homosexuel, n'est-ce pas ?

– Foutez-moi la paix avec ça !

Il la gifla à nouveau.

– Ça ne vous regarde pas et qui vous dit de toute façon que c'est le cas ?

Elle sentait qu'il était colérique mais elle n'avait plus rien à perdre.

– Je m'en doute, insista-t-elle. Mais vous ne l'avez jamais assumé, et vous accusez la terre entière de ne pas vous avoir autorisé à mener la vie normale d'un père de famille. Et vous voulez le faire payer. Aux femmes surtout.

Friedrich s'énervait. Granet l'avait atteint, et malgré lui, il continua à parler.

– Les femmes ! Autrefois, dans la Grèce antique, à Athènes, elles se tenaient à carreau, elles restaient à la maison, elles ne participaient pas à la vie publique.

– Et comme ce n'est pas possible de revenir en arrière, continua Granet, vous avez décidé de vous en prendre à celle qui est la plus emblématique de toutes, la présidente de la République. Mais quand je serai morte, qu'est-ce que vous aurez gagné ? Vous vous croyez invincible, parce que vous êtes intelligent. Vous avez cherché à vous valoriser par le crime, et vous voilà maintenant dans cette cabane misérable. Vous cherchez à effacer ces années de solitude, toute une vie ratée.

– Taisez-vous ! Mais taisez-vous donc ! Je vous hais, si vous saviez comme je vous hais !

– Et alors ? Ça vous avance à quoi ? Je vous le dis à nouveau, vous êtes passé à côté de votre vie. Et ces crimes, c'est pour valoriser l'orgueilleux que vous êtes. Mais aussi pour vous venger. Le jeune homme que vous avez aimé à Metz, le bel Éric, il n'en avait pas grand-chose à faire de vous ! Je le sais, l'enquête du commandant Kerfi à Metz l'a démontré. Il avait d'autres amants et c'est à cause de ça qu'il vous a refilé le sida ! Brillante aventure !

Il la regarda, les yeux exorbités. Elle s'attendait à ce qu'il lui envoie son poing dans la figure. Mais au lieu de cela, il se mit tout à coup à pleurer. Non pas à verser quelques larmes, mais à éclater en sanglots violents qu'il eut du mal à calmer. Vexé d'avoir perdu la face, il fila dans sa chambre et ferma violemment la porte.

La Présidente l'avait atteint au plus profond. Toute cette cavale dont il était si fier, ces meurtres, cette douleur qu'il avait infligée à tant de personnes, ça n'avait servi à rien. Son mal intérieur, cette souffrance venue de son enfance, ils étaient toujours là. Il avait monté un scénario inimaginable, mais au bout du compte, il n'était, face à cette femme, qu'un pauvre loser, dépassé par son propre tourment.

Il ne reparut pas de la soirée. Au cours de la nuit, la faim et la soif taraudèrent Granet. Attachée, ne pouvant s'allonger, elle passa une nuit blanche, une nuit d'angoisse. Au matin, Friedrich fit son apparition. Visiblement, il n'avait pas dormi non plus. Il ne lui adressa pas la parole. Elle demanda à aller aux toilettes. Quand elle sortit, Friedrich se baissa pour lui prendre le poignet ; elle en profita pour saisir de sa main libre la bouteille de whisky et, dans un élan forcené, elle la fracassa sur le crâne du tueur, avec toute la force dont elle était capable. Friedrich perdit connaissance et tomba sur le sol. Elle le traîna jusqu'à la barre de fer où elle avait été attachée, et l'attacha à son tour en lui mettant la chaîne autour du cou et en la fixant à l'aide du cadenas. C'était son tour d'être immobilisé. Il commençait à reprendre ses esprits quand elle trouva dans la chambre son téléphone portable. Elle composa le numéro d'urgence de l'Élysée.

Le cauchemar avait pris fin.

L'Élysée contacta immédiatement le poste de police de Châteaudun, le plus proche, situé à seulement un quart d'heure de la cabane. Trois voitures de police arrivèrent très vite, suivies de deux ambulances. On emmena Friedrich dans l'une des ambulances après l'avoir menotté. Nathalie Granet fut allongée sur une civière. Les deux ambulances filèrent vers l'hôpital de Châteaudun.

L'arrestation du tueur à l'aiguille fut un événement mondial, et le geste de la présidente de la République considéré comme un acte de bravoure, qui effaça les reproches qu'on avait pu lui faire. La mort de Guyot révéla la vraie nature du Premier ministre.

À Strasbourg, ce soir-là, quand Amira rentra chez elle, Swann l'attendait. Ils étaient debout face à face dans l'entrée. Amira dit :

– J'ai une nouvelle formidable à t'annoncer !

– Je sais, Amira. J'ai regardé les infos. Te voilà enfin libérée de cette affaire épouvantable !

– Ce n'est pas ça que je veux t'annoncer, Swann.

Elle se rapprocha de lui, lui caressa les cheveux, mit sa bouche contre son oreille.

– C'est une merveilleuse nouvelle, mon amour. Je suis enceinte.

TROIS ANS PLUS TARD

45

C'était le soir du débat entre les deux tours de l'élection présidentielle. Nathalie Granet était arrivée en tête du premier tour. Sa cote de popularité avait fait un bond en avant après son exploit dans la cabane du tueur, et n'avait cessé de progresser depuis. Les Français lui savaient gré d'avoir débarrassé le pays d'un criminel qui avait beaucoup tué et qui risquait de tuer encore. Et, à la surprise générale, ce n'était pas le candidat d'extrême droite qui était en deuxième position, mais un écologiste, Laurent Colin, un homme jeune – trente-huit ans – venu de la société civile (il avait dirigé Oxfam International). Le paysage politique avait beaucoup changé ; visiblement, les électeurs ne se prononçaient plus selon les critères habituels gauche/droite, et c'est pourquoi les partis traditionnels s'étaient effondrés. Les Français jouaient le pragmatisme, et aussi la défense de l'environnement dans le contexte du réchauffement climatique.

Laurent Colin avait fort à faire pour gérer la mouvance écologiste, car celle-ci se fractionnait en deux camps : les modérés, dont il faisait partie ainsi que Nathalie Granet, et les radicaux. Ces derniers avaient présenté un candidat au premier tour, ce qui avait affaibli Colin ; pour eux, il fallait interdire sans délai les pesticides et les voitures équipées d'un moteur Diesel, et limiter à un voyage par an les déplacements en avion.

Nathalie Granet avait compris l'importance d'une écologie jugée par elle raisonnable, et elle avait largement verdi son programme, à tel point qu'il n'y avait guère de différence entre ses propositions et celles de Laurent Colin. C'est surtout la personnalité de chacun des deux candidats qui allait compter, et le choix se ferait entre un homme et une femme.

Après la mort de Marc Guyot, la Présidente avait nommé sa complice de toujours, Marie-Noëlle Texier, Premier ministre. Pour la première fois, la France était dirigée par un tandem féminin. La plupart des Français ne s'en plaignaient pas, au contraire. La féminisation des dirigeants politiques était un phénomène mondial, et nombreux étaient ceux qui pensaient que c'était mieux ainsi. Les femmes, disait-on, étaient moins assoiffées de pouvoir que les hommes, et elles accordaient plus d'importance aux questions de la vie quotidienne. Et ce n'était pas l'aventure misérable de Marc Guyot qui leur ferait penser le contraire.

Les sondages donnaient la Présidente sortante largement gagnante, et Nathalie Granet abordait le débat avec une grande confiance en elle ; ses cinq années de pouvoir lui donnaient une solide expérience que son opposant n'avait pas. Mais le direct pouvait réserver des surprises.

Assis devant leur écran de télévision, Amira et Swann s'apprêtaient à regarder le débat. Sofia, deux ans et demi, était sur les genoux de son père. Dans le berceau proche, un bébé de trois semaines dormait ; c'était, à nouveau, une fille, une petite Jannat. Les parents avaient donné à leurs enfants deux prénoms, un marocain – qui était leur prénom usuel – et un breton. Solen pour l'aînée, Maelwen pour la cadette, au cas où, devenues adultes, les filles préféreraient porter des prénoms français. Amira et Swann tenaient à donner à leurs enfants la fierté de leur double culture, et Amira leur parlait arabe à la maison.

Amira était restée commandant à la brigade de Strasbourg. Elle aimait toujours autant son métier, mais elle avait découvert que la vie de famille n'était pas incompatible avec une carrière. Sa gestion de l'affaire des aiguilles avait été saluée par tous, mais elle gardait encore, et garderait toute sa vie, une double frustration : de ne pas avoir reconnu le tueur (ou tout au moins de ne pas s'être méfiée) lors du dîner de Fès, et, surtout, de ne pas avoir pu l'arrêter. Swann enseignait, comme il l'avait souhaité, dans un lycée du quartier de la Meinau ; ce n'était pas toujours facile de faire aimer la littérature à des jeunes qui ne lisaient jamais, mais il aimait ce défi et il en était très heureux.

Profondément atteint par la mort de son épouse, Cédric Beauroi avait demandé à être dessaisi du dossier des aiguilles et il n'était pas revenu en Alsace. L'inspecteur qui l'avait remplacé n'avait rien de séduisant. De toute façon, Amira, désormais mère de famille, était devenue raisonnable. Elle se disait que les relations extraconjugales n'étaient pas faites pour elle. L'aventure avec Cédric resterait une parenthèse, avec des moments très intenses, certes, mais rien qui puisse justifier de mettre son mariage en danger. Elle gardait une amitié profonde pour celui qui avait été son seul amant, et elle lui téléphonait de temps en temps.

Christophe Besson avait voulu rendre un hommage à son épouse assassinée à l'île de Ré. Il avait commandé à un sculpteur belge une statue grandeur nature inspirée des deux célèbres « Homme qui marche » de Rodin et de Giacometti. C'était Sylvie Besson, les cheveux coiffés en arrière, qui marchait, tenant par la main son fils Martin, qui marchait à ses côtés. La sculpture avait fait l'objet d'un financement croisé entre la ville de La Rochelle, le ministère de la Culture et la Commission européenne. Elle avait été placée au milieu de la cour centrale de La Coursive, la scène nationale de La Rochelle que Christophe dirigeait. La présidente de la République avait tenu à venir à l'inauguration, de même que la présidente de la Commission européenne et de très nombreuses personnalités politiques françaises et européennes. C'était un bel hommage à cette femme qui, certes, n'avait pas toujours bon caractère, mais qui avait consacré sa vie à améliorer l'éducation des jeunes de toute l'Europe.

À Chenonceau, une stèle portant les noms des quatorze victimes avait été érigée dans la galerie reconstruite à l'identique en seulement trente mois. Il avait été décidé que chaque année, à la date anniversaire de l'attentat, le domaine serait ouvert jusqu'à une heure du matin, et que l'entrée serait gratuite. Le château serait alors éclairé en rouge. Comme pour La Rochelle, de nombreuses personnalités, dont la présidente de la

République, étaient présentes pour l'inauguration. Les familles des victimes mais aussi des anonymes venus de nombreux pays d'Europe avaient fait le déplacement.

À Minsk aussi, on avait tenu à rendre hommage aux trois jeunes si injustement et terriblement martyrisés. Un monument dû à un artiste local avait été érigé sur une place de la ville. Un écrivain avait rédigé un très beau texte en biélorusse, en français et en russe. Nathalie Granet s'était rendue à Minsk pour l'inauguration du monument. Amira Kerfi aussi avait fait le voyage.

La fille aînée de Nathalie Granet, Audrey, avait terminé ses études et intégré en tant que cancérologue l'institut Alfred-Donné dirigé par son père. Son mari, Bruno Cordier, avait été réélu maire d'Argenteuil.

Sa sœur Agathe et son mari avaient quitté Toulouse pour s'installer à Lyon. Romain était contrôleur du ciel à l'aéroport Saint-Exupéry et Agathe professeur dans un lycée du centre de Lyon.

Enfin, Lucas, le fils de Nathalie Granet, avait attendu la réélection de sa mère pour annoncer qu'il allait être père. Sans en avoir jamais parlé à ses parents, il vivait depuis trois ans avec une Anglaise d'origine indienne, qui comme lui travaillait en tant que trader à la city. Il allait faire sa vie à Londres.

La maison de Friedrich dans l'Alsace Bossue, la cabane de la Beauce, l'appartement de Wagner à Haguenau furent proposés à la location par leurs propriétaires respectifs. En vain. Personne ne voulait habiter, ou même résider, dans ces lieux désormais maudits.

46

Deux ans et quatre mois après son arrestation, les procès tant attendus de Zeller, alias Friedrich eurent lieu. La cour d'assises eut à juger plusieurs affaires pour lesquelles le seul lien commun était la personne de Friedrich. Il y avait les assassinats des Biélorusses et celui de Louise Beauroi, avec actes de torture et de barbarie ; les assassinats de l'île de Ré, dont un enfant ; l'attentat de Chenonceau et ses quatorze victimes ; l'assassinat de Wagner à Hossegor ; la tentative d'attentat à Blagnac ; le meurtre du Premier ministre et des deux agents du gouvernement ; la séquestration de la présidente de la République. Seule la tentative d'assassinat d'un enfant à l'institut Alfred-Donné ne fut pas prise en compte, car personne n'en avait été témoin. Jamais dans l'histoire récente de la France un homme n'avait commis autant de crimes, et des crimes aussi différents les uns des autres. Les procès durèrent quatre mois.

Comme chacun s'y attendait, Friedrich écopa de la condamnation la plus lourde, la perpétuité assortie d'une peine de sûreté de trente ans ; il finirait sa vie en prison. Ses avocats déclarèrent qu'il ne ferait pas appel. Les procès suscitèrent un vif intérêt auprès de la presse et du grand public ; chacun voulait savoir ce qui avait amené cet homme, en apparence si éduqué, si posé, à devenir un monstre. Friedrich n'exprima ni regrets, ni explications. Il traversa ses procès avec une expression d'arrogance, comme s'il était heureux d'être le centre de l'attention, et fier des actes qu'il avait commis. Le profil psychologique du criminel suscita beaucoup d'interrogations. La période des crimes était arrivée après toute une vie rangée (si l'on exceptait le chantage aux homosexuels, qui était un signe précurseur). L'expertise psychiatrique, réalisée par trois psychiatres indépendants les uns des autres, révéla un mélange de délire narcissique et d'indifférence pathologique à la souffrance d'autrui. Elle montra aussi un rapport maladif à la virilité, basé sur une profonde angoisse de castration, qui était sans doute la clé de sa misogynie. Pour Friedrich, les femmes étaient des individus castrés, et leur existence même constituait une menace car elle montrait que la castration était possible. Il avait grandi dans l'atmosphère hyper virilisée d'un milieu néo-nazi et avait été fils unique, couvé par une mère totalement soumise. Bien entendu, tout cela ne constituait en aucun cas des circonstances atténuantes.

Clément Dautun, le serveur de l'île de Ré, fut condamné à six mois de prison ferme, pour avoir saupoudré les plats de ses clients avec du somnifère. Du somnifère, pas du cyanure, car il fut admis qu'il ignorait la nature exacte de la poudre qu'il avait utilisée.

Dans le procès des Biélorusses, Julien Farge échappa de justesse à la perpétuité. Les jurés sanctionnèrent les crimes odieux auxquels il avait participé, mais reconnurent dans une certaine mesure l'emprise de Friedrich. Il en prit pour vingt ans, pour complicité de meurtres avec actes de barbarie. Son camarade serbe fut condamné à la même peine. Julien Farge eut à subir un deuxième procès pour ses agissements à Blagnac. Il fut reconnu coupable de tentative d'assassinat, et cette fois le rôle de Friedrich ne fut pas considéré comme circonstance atténuante ; Farge fut reconnu pleinement responsable de ses actes et n'échappa pas à la perpétuité. Les deux peines se cumulant, il allait passer au moins vingt-cinq ans en prison. Amira, qui avait assisté aux procès, trouva la deuxième sentence excessive. Julien Farge était un jeune homme malléable, et c'est Friedrich qui, dans les deux cas, avait été à la manœuvre. Mais l'énormité des crimes l'avait emporté aux yeux des jurés.

À vingt heures, le débat présidentiel commença, regardé par dix-huit millions de téléspectateurs. Après une heure d'échanges à fleurets mouchetés autour des questions écologiques et économiques, Laurent Colin eut l'idée de s'en prendre à Nathalie Granet sur son passé. Ses conseillers l'avaient convaincu qu'il fallait attaquer la Présidente sur sa responsabilité dans la mort de trois jeunes, quand elle était étudiante, ainsi que cela avait été révélé à Ottawa, et que c'était la raison pour laquelle le tueur avait mené sa cavale meurtrière. C'était, en d'autres termes, la rendre directement responsable des crimes. Nathalie Granet nia, comme elle l'avait fait à Ottawa ; il n'y avait ni preuves ni témoins. Elle accusa avec autorité Colin de chercher à frapper au-dessous de la ceinture, faute d'arguments politiques suffisamment solides. Cet éclat contribua à la mauvaise prestation de Laurent Colin, et, quelques jours plus tard, à son échec. Les sondages qui vinrent par la suite montrèrent qu'une majorité de téléspectateurs s'étaient rangés du côté de la Présidente.

Nathalie Granet fut réélue avec 57 % des voix, un score supérieur de quatre points à celui de la première élection.

ÉPILOGUE

Quelques jours après la réélection de Nathalie Granet, un homme d'une cinquantaine d'années vint au poste de police de Strasbourg. Il fut reçu par Amira Kerfi.

– J'ai beaucoup hésité à faire cette démarche, dit-il. Le procès du tueur à l'aiguille a ranimé des souvenirs. Je me suis demandé si ce n'est pas à lui que j'ai eu affaire, il y a maintenant cinq ans. Il m'a fait chanter, en menaçant de révéler à ma femme que j'avais des penchants homosexuels.

– Pourquoi avez-vous attendu si longtemps ? demanda doucement Amira.

– Comprenez-moi. Ce n'est pas évident d'aborder ce sujet. Je suis notaire à Wissembourg, j'ai trois enfants. Je suis connu dans cette petite ville. Le tueur jouait sur du velours ; il savait que ses victimes ne porteraient pas plainte.

À la suite de cette révélation, Amira lança une enquête. Elle promit l'anonymat aux personnes qui se feraient connaître, et pas moins de six témoignages purent être collectés. Un nouveau procès contre Zeller fut engagé. Certes, la sentence n'était pas applicable, puisqu'il avait déjà été condamné au maximum, mais c'était important que justice soit faite. Il écopa de la peine maximale, cinq ans d'emprisonnement, et d'une amende de cent mille euros.

REMERCIEMENTS

Je remercie tout particulièrement Gianfranco Sebastio, professeur en médecine, qui, de sa maison de Naples donnant sur la baie, a mille fois relu le texte pour l'enrichir de précisions médicales et de justesses psychologiques.

Je remercie également, pour leurs conseils, Michel Gosselin, ainsi que mes amis Iulia Boboc, Katherine Tanneau, Huguette Hatem, Serge Bouniatian et Alain Poirier, ainsi que beaucoup d'autres !

Vous pouvez contacter l'auteur :
patrice.marie28@gmail.com

Crédit illustration couverture et page 3 :
Lorin Wallner représenté par Sustainable Art Market®
sustainableartmarket.com

Composition : enviedecrire.com

ISBN : 979-10-699-6823-3

Printed in Poland
by Amazon Fulfillment
Poland Sp. z o.o., Wrocław

76695157R00169